D. G. Gerber
Bunte Fische

AF201227

Das Buch

Isa, verheiratet und dennoch allein, sucht Ablenkung in den Armen anderer Männer, bis sie ihre große Liebe Ludwig wieder sieht. Mit ihm war sie glücklich. Also versucht Isa, ihn wieder für sich zu gewinnen.

Die Autorin

Doreen Gerber, geboren 1978, lebt und arbeitet in Dresden. Schon immer war das Schreiben ihr Hobby und ihre Leidenschaft. „Bunte Fische" ist ihr erster veröffentlichter Roman.

D. G. Gerber

Bunte Fische

Bibliografische Information der Deutschen Nationalbibliothek:
Die deutsche Nationalbibliothek verzeichnet diese Publikation in
der Deutschen Nationalbibliografie; detaillierte bibliografische
Daten sind im Internet über dnb.dnb.de abrufbar.

Herstellung und Verlag: BoD - Books on Demand, Norderstedt
ISBN: 978-3-7519-1828-2

1

„Verdammt!", rufe ich laut. Ich trete das Bremspedal bis zum Boden durch und komme abrupt zum stehen. Meine Handtasche fliegt vom Beifahrersitz in den Fußraum, wobei sich der Inhalt in meinem Auto verteilt. Als ich sie am Riemen packe, um sie aufzuheben, reisst dieser ab und auch der letzte Rest fällt heraus. Mein Handy rutscht unter den Sitz, im selben Moment in dem es anfängt zu klingeln.

Ich bin heute vom Pech verfolgt. Erst hatte mich mein Wecker nicht geweckt, dann war auch noch der Kaffee alle gewesen, da ich die ganze Woche nicht zum Einkaufen gekommen bin. Der Höhepunkt war ein dunkler Fleck auf meinem neuen Kleid. Ich musste meinen Schrank durchwühlen, bis ich etwas Passendes für das monatliche Treffen mit meinen Freunden gefunden hatte. Diesmal wollten wir zum Brunch gehen. Mein Outfit durfte also nicht zu tief ausgeschnitten sein, aber auffallen wollte ich dennoch. Schließlich hatte Birgit unseren neuen Arbeitskollegen eingeladen, da sollte der erste Eindruck schon stimmen.

Aber trotz aller Eile werde ich nun zu spät kommen, da wieder eine Ampel auf rot schaltet, bevor ich über die Kreuzung fahren kann. Ich sollte mir noch eine plausible Entschuldigung überlegen, besonders dafür, dass Georg nicht mitgekommen ist. Nicht dass ich ihn gefragt hätte. Seine Antwort fällt immer gleich aus.

Während ich versuche, mein Handy hervor zu angeln, wird es wieder grün. Ich lasse es klingeln und gebe Gas. Die Straße vor mir ist leer. Doch plötzlich nehme ich aus dem Augenwinkel eine Bewegung war. Rechts von mir vor dem Standesamt steht eine große Gruppe von Menschen, festlich bekleidet. Doch Aufsehen erregt bei mir der Mann vor dem Eingang: groß, schlank und unverkennbar. Ich trete erneut auf die Bremse, diesmal aber um mich zu vergewissern, ob er es tatsächlich ist. Das kann nicht sein. Dort steht Ludwig, mein Ludwig. Er sieht glücklich aus, wie er da steht, mit einer Braut an seiner Seite, die wohl die seine ist, und das inmitten einer wunderbaren großen Familie. Zum Kotzen! Wie konnte das nur geschehen? Wie konnte er mir das antun? Vor fünf Jahren sah doch alles noch anders aus.

2

Es war Ende März gewesen, als ich mich fest in meine Jacke einhüllte und den Waldweg entlang stapfte. Der Boden war noch aufgeweicht und matschig vom letzten Schnee. Aber der Geruch nach Frühling lag schon in der Luft. Schneeglöckchen und Narzissen reckten sich am Waldrand dem Licht entgegen. Vor zwei Stunden schien auch noch die Sonne und ließ die ganze Welt außerhalb meiner Wohnung hell erstrahlen. Das war der Grund gewesen, weshalb ich mich für den Spaziergang entschieden hatte. Dass es ein Fehler war, merkte ich erst, als ich die Autotür öffnete und meine neuen Wildlederstiefel in einer Pfütze versenkte. Aber mein Dickkopf ließ sich davon nicht unterkriegen, mein Kampfgeist rief ‚Vorwärts‘ und mein Portemonnaie schrie: ‚Das wird teuer‘.

Ich lief also los. Es war nur ein kurzer Wanderweg, den Berg hinauf bis zur Aussicht auf das Flusstal, und dann den selben Weg wieder zurück. Ich schlängelte mich um die Pfützen herum, stieg über einen umgefallenen Baum und sehnte mich schon nach kurzer Zeit nach einem heißen Bad. Denn obwohl die Sonne am Himmel stand, schafften ihre Strahlen es kaum durch die Bäume zu mir herunter, und der Wind pfiff mir auch noch unbarmherzig ins Gesicht.

Ich zog meine Kapuze tief in die Stirn und senkte den Kopf, um mich vor der Kälte zu schützen. Nur noch eine Kurve und ich würde mein Ziel erreichen. Ich war stolz auf mich, dass ich nicht aufgegeben hatte und blickte freudig auf. Doch sofort gefror mein Lächeln. Was musste ich da sehen? Bäume, Bäume und nochmals Bäume. Wie konnte das sein? Ich war den Weg doch schon hundertmal gelaufen. Ich musste irgendwo falsch abgebogen sein. Und durch den ganzen Matsch konnte ich nicht mehr genau sehen, wo der Weg lang ging. Ich blickte mich um, um irgendeinen Anhaltspunkt zu erkennen. Ich brauchte nur einen Punkt, um mich zu orientieren. Vielleicht diesen querliegenden Baumstamm. Aber auch der war verschwunden. Ein Sonnenstrahl ließ nochmal die Erde in der Ferne rot aufleuchten und verschwand schließlich auch. Jetzt war ich also ganz allein. Kein Anhaltspunkt, keine anderen Wanderer, nichts. Nur Bäume und rote Erde. So rot wie mein Auto. Konnte das sein? Um diese Jahreszeit blühte doch kaum etwas. Ich lief in die Richtung, aus der das Leuchten kam. Und je näher ich kam, umso größer wurde es. Bis ich schließlich am Ziel war.

Ich stand auf einer kahlen Wiese und vor mir mein Smart. Der Anblick ließ mich erleichtert aufatmen, aber gleichzeitig war ich sauer auf mich selbst, weil ich so hektisch durch die Gegend geirrt war, ohne anzukommen. Aber nochmal würde ich den Weg heute nicht antreten.

„Verdammter Mist!" Laut fluchend machte ich meinem Ärger Luft und trat dabei gegen das Vorderrad.

„Hey! Was machen sie da!" Jemand packte mich grob an der Schulter und zog mich zurück.

„Finger weg", rief ich und versuchte mich zu befreien. Ich drehte mich nach rechts und duckte mich dabei, um dem Griff zu entkommen. Meine Fingernägel bohrten sich in seinen Handrücken bis er endlich losließ.

Und da stand er, über einen Kopf größer als ich. Seine braunen Locken lugten unter einer Wollmütze hervor. Seine Augen, verärgert zusammengekniffen, fixierten mich. Er war das größte Arschloch, dem ich seit langem begegnet bin. Arrogant schob er mich zur Seite, um sich mein Auto anzuschauen.

„Wie kommen Sie dazu, gegen meinen Wagen zu treten?"

„Ihren? So ein Schwachsinn. Ich werde ja wohl noch mein eigenes Auto erkennen", schnauzte ich ihn an.

Er trat zur Seite und verschenkte seine Arme vor der Brust. „Dann öffnen Sie doch. Da wäre jedenfalls geklärt, wer Recht hat."

Ein leichtes Zucken an seinem Mundwinkel zeigte mir, wie überheblich er war. Er war sich absolut sicher, dass er die Oberhand behalten würde. Aber ich wollte ihm das Gegenteil beweisen. Ich drückte den Knopf für die automatische Türentriegelung und wunderte mich, dass kein Geräusch zu hören war. Dennoch zog ich am Türgriff.

„Die Batterie muss leer sein", wunderte ich mich laut und versuchte es auf die altmodische Metode. Mein Schlüssel passte, doch bevor ich ihn drehen konnte, packte er meine Hand.

„Sie ruinieren mir nur das Schloss. Hier ist der Richtige."

Er zog meine Hand samt Schlüssel zurück und öffnete selbst. Das Klack-Geräusch verriet das er im Recht war.

„Wenn Sie bitte zur Seite gehen würden? Ich habe nicht vor, meine Zeit noch länger mit Ihnen zu verschwenden."

Verwirrt starrte ich ihn an, während er einstieg und den Motor anließ.

„Aber das ist...", begann ich. „Wo ist dann mein Auto?"

Ein Seufzen entfuhr ihm, als er antwortete: „Wahrscheinlich auf der anderen Seite. Hier ist nur ein schmaler Ausläufer des Waldes, und wenn Sie geradeaus laufen, kommen Sie zum zweiten Parkplatz. Aber machen Sie schnell. Die Wolken da hinten kommen immer näher."

Dann fuhr er los, und ich machte mich verärgert über ihn auf den Weg.

3

Lautes Hupen schreckt mich aus meinen Gedanken. Und bevor das Brautpaar sich in meine Richtung drehen kann, fahre ich mit quietschenden Reifen los. Zehn Minuten später bin ich endlich am Ziel. Meine Bluse ist zerknittert, aber der Blick wird sowieso auf meinen kurzen roten Rock fallen. Versagt hatte der noch nie.

Der Raum ist voll und laut, besonders von unserem Tisch ist Birgits durchdringendes Lachen zu hören. Ich lasse mich neben sie fallen und greife mir die Sektflasche.

„Ich erzähl's dir später", raune ich ihr zu, als ich ihren fragenden Blick sehe. Vergessen sind die Ausreden, die ich mir parat gelegt hatte. Jemand reicht mir ein Glas und ein breites Lächeln begrüßt mich von Birgits Seite.

„Isa, darf ich dir Karl vorstellen? Er wohnt erst seit kurzem hier. Ich dachte, es wäre doch nett, wenn er ein paar Leute kennenlernen würde, oder? Besonders da wir demnächst öfters miteinander zu tun haben werden."

Sie zwinkerte mir dabei zu, denn all das hatte sie mir schon am Telefon erzählt.

„Freut mich, Sie kennenzulernen. Birgit sagte schon, dass Sie auch in der ‚Spielbühne' arbeiten. In der Maske?"

Ich nicke und lächle ihn an. Sofort ist er in meinem Bann. Karl ist für meinen Geschmack zwar zu klein, aber ich habe ja keine dauerhaften Pläne mit ihm. Ansonsten wirkt er recht anziehend auf mich: er lächelt mich an, hört mir zu, nickt an den richtigen Stellen und sein Blick streichelt gelegentlich meinen Körper.

Er selbst wirkt kräftig unter seinem hellen T-Shirt. Und einige Drinks später kann ich mich auch davon überzeugen, als er mich in einer Nische im Raucherzimmer hochhebt und gegen die Wand drückt. Meine Schenkel ziehen ihn an mich, während er schnell in mich eindringt. Obwohl das Zimmer kaum genutzt wird, sollten wir uns beeilen, aber so hastig hatte ich es mir auch nicht vorgestellt.

„Lass uns zu dir gehen", flüstere ich ihm zu und beiße dabei in sein Ohrläppchen. Das bringt ihn noch mehr in Fahrt. Und er ist fertig, bevor ich überhaupt anfangen konnte, den Sex zu genießen.

„Zu dir", sage ich nochmal, diesmal bestimmter. „Ich habe noch nicht genug."

Sein Blick wirkt abwesend, aber als ich ihn hinter mir her zum Ausgang ziehe, kommt wieder Leben in ihn. Und Ludwig ist vergessen, für die nächsten Stunden.

Befriedigt und zufrieden kehre ich zu Hause ein. Karl erwies sich als ausdauernder als erwartet, aber auf ein zweites Treffen werde ich verzichten. Schon jetzt lief im Bett alles nach Routine ab. Er hatte einfach keine Fantasie, keine Lust auf Abwechslung. Dafür ist er extrem anhänglich, denn obwohl ich ihm sagte, dass ich nicht wiederkommen werde, fragte er ständig nach und drückte mir zum Schluss auch noch seine Nummer in die Hand. Doch die liegt jetzt irgendwo zerknüllt im Fußraum meines Autos.

Er ist einfach ein weiterer bunter Fisch in meiner Sammlung, wie Birgit so gerne sagt.

Ich lasse meine Schuhe und Tasche im Flur auf dem Boden fallen und entledige mich auf dem Weg ins Schlafzimmer auch vom Rest meiner Kleidung. Mit meiner Lieblingsmusik im Ohr kuschle ich mich unter meine Decke. Die dunklen Töne des Cellos hüllen mich ein, bis ich in diesem großen Bett zur Ruhe komme. Zu groß für mich allein, aber das war nicht immer so.

4

Ich stapfte geradeaus durch den Wald und kam tatsächlich da an, wo er gesagt hatte. Nur dass da nun zwei identische Autos standen, das linke verschlammt. Aus dem rechten stieg er aus und grinste mich an.

„Ich wollte nur sicher gehen, dass Sie sich nicht wieder verlaufen. Sonst muss ich noch einen Suchtrupp losschicken."

„Tja, hier bin ich. Sie können also weiterfahren. Und es wäre schön, wenn ich Sie nicht wiedersehen würde", giftete ich ihn an.

Beschwichtigend hob er beide Hände. „Ich glaube, wir hatten vorhin einen schlechten Start. Wie wäre das: ‚Hallo, ich bin Ludwig. Kann ich Sie irgendwohin mitnehmen?‘ Und Sie sagen: ‚Gerne, wie nett von Ihnen.‘"

Er machte einen Schritt auf mich zu, streckte mir seine Hand entgegen und wiederholte den Satz.

„Ich kann selber fahren", erwiderte ich schroff.

„Das glaube ich kaum", sagte Ludwig mit Blick auf meinen Reifen. „Sie haben einen Platten."

Überrascht schaute ich nach unten. „Was haben Sie getan? Ist das die Rache wegen vorhin?"

„Halten Sie mich für so hinterhältig? Steigen Sie ein, bevor ich es mir anders überlege. Ich fahre Sie zur nächsten Werkstatt."

„Ich brauche keine Werkstatt. Hinten im Kofferraum liegt ein Ersatzrad."

„Und das können Sie allein wechseln?", fragte er mit mit gerunzelter Stirn.

„Könnten Sie mir dabei helfen? Dann werde ich versuchen, den ganzen Tag aus meinem Gedächtnis zu streichen." Ich seufzte kurz, schenkte ihm aber ein kleines erschöpftes Lächeln, das ihn überzeugte.

Er war schneller, als ich ihm zugetraut hätte. Obwohl seine Hände viel zu gepflegt aussahen, als dass sie je hart gearbeitet hätten.

„Sie machen das wohl öfter?", fragte ich, während ich zusah, wie er die Schrauben löste.

„Was? Fremden Frauen helfen oder sie abschleppen?" Er zwinkerte mir zu.

Was wollte er eigentlich? Er hätte doch wütend auf mich sein müssen, weil ich gegen seinen Smart getreten hatte. Aber jetzt versuchte er mich anzubaggern? Als ob das bei mir so einfach wäre. Außerdem war er nicht mein Typ.

Er sah mich immer noch an, als erwartete er eine Antwort. Ich wurde rot und fing an zu stottern: „Rad... Radwechseln, meinte ich. Vielleicht schaffen wir es noch rechtzeitig, bevor es regnet."

Doch kaum hatte ich es ausgesprochen, fiel der erste Tropfen, dann der zweite, dann schüttete es. Ludwig öffnete die Autotür und ich sprang hinein. Er folgte und zog die Tür zu.

‚Na super', dachte ich. ‚Bei Regen mit einem fremden Mann im Auto. Der Tag hat wirklich jede Menge Überraschungen für mich. Hoffentlich hört das heute noch auf.'

Aus dem Augenwinkel sah ich, wie er seine Mütze abnahm. Die Locken standen ihm vom Kopf ab, was ihm ein freches Aussehen gab. Wie bei einem kleinen Jungen. Um seine Augen erschienen kleine Lachfalten, als er sich zu mir drehte.

„Sie haben mir Ihren Namen noch nicht verraten."

„Isa", sagte ich und blickte dabei gerade aus dem

Fenster. Seine Nähe machte mich nervös. Ich wollte ihn so schnell wie möglich loswerden, also fragte ich: „Wollen Sie schnell zu Ihrem Wagen sprinten? Dann kann ich auch nach Hause fahren."

„Das geht nicht. Ich glaube, Ihr Reserverad ist genauso platt. Sie kümmern sich wohl nicht um den Wagen?"

„Na ja, sagen wir, ich habe öfters einen Platten, als Sie denken. Ich fahre sogar Ersatzräder kaputt." Ich musste lachen. „Ich sitze also hier fest?"

„Sie könnten schnell mit mir zusammen zu meinem Auto laufen. Und ich fahre Sie nach Hause. Es wird heute sowieso nicht mehr aufhören zu regnen. Außerdem schulden Sie mir noch was." Er hielt seine Hand hoch und zeigte die Kratzer, die meine Nägel hinterlassen hatten.

„Sie hatten mich erschreckt", verteidigte ich mich. „Aber gut. Sie können mich mit in die Stadt nehmen. Dann finde ich allein nach Hause."

„Und meine Entschuldigung? Wie wäre es mit einem Drink, nur zum Aufwärmen?"

„Sie geben wohl niemals auf?"

„Nein. Ich bin ein Kämpfer."

Mit seinem rasanten Fahrstil waren wir schon nach einer Viertelstunde am Stadtrand angekommen. Meine Finger hatten sich in den Sitz gekrallt und mein ganzer Körper fühlte sich verkrampft an.

‚Es ist falsch, was ich hier mache', dachte ich. ‚Am Besten geh ich, sobald er anhält. Anscheinend jetzt. Will er etwa hier halten?'

Ich sah aus dem Fenster und entdeckte ein altes Wirtshaus. Der Rasen davor war ungepflegt und löchrig. Im Haus sah ich kein Licht brennen.

„Das ist nicht Ihr Ernst", sagte ich entsetzt.

„Warum nicht? Es sieht trocken aus und anscheinend sind wir nicht die Einzigen."

„Woher wollen Sie das wissen?", fragte ich und versuchte die aufsteigende Furcht vor ihm zu verbergen.

„Weil da drüben am Straßenrand Autos stehen." Er zeigte links hinter sich.

Ich folgte seinem Hinweis und blickte an ihm vorbei zur Straße. Dabei fiel mein Blick auf eine kleine Narbe unter seinem rechten Ohr. Woher er die wohl hatte? Unwillig schüttelte ich den Gedanken ab. Ludwig war arrogant und... und... arrogant eben. Ich wollte nicht in diese Hütte mit ihm.

„Sie sehen so verkrampft aus. Ist alles in Ordnung mit Ihnen?", fragte er, wobei er seine Augenbrauen hochzog und mich mit seinen grauen Augen ansah.

„Ja, ja, natürlich. Aber ich würde jetzt lieber nach Hause fahren."

„Ach kommen Sie", drängelte er weiter. „Nur ein Getränk und dann fahre ich Sie nach Hause. Und Sie werden auch nie wieder von mir hören. Versprochen."

„Wie machen Sie das nur?"

„Was? So toll zu sein? Ich bin ein Naturtalent."

„Und sehr von sich eingenommen", entgegnete ich tollkühn. Die große Klappe hatte ich selten, aber dieser Kerl machte mich wahnsinnig. Und gleichzeitig neugierig, was mich aber erst recht ärgerte. Von solchen Männern war nichts Gutes zu erwarten.

Dennoch ging ich mit Ludwig hinein. Es war überraschend gemütlich und das Licht war gedämmt,so dass es von aussen nicht zu sehen gewesen war. Ludwig suchte einen Tisch in der Nähe des Kamins. Es roch stark nach Rauch, aber es wärmte schön. Ich hatte gar nicht gemerkt, wie durchgefroren ich war.

Ludwig bestellte zwei Glühwein. Doch als er meinen missbilligenden Blick sah, wegen Trinken und Fahren, zuckte er nur mit den Schultern und erklärte, dass er da kein Problem sah. Er würde mich sicher an der nächsten Haltestelle absetzen.

„Wie wollen Sie morgen zu Ihrem Auto kommen?", fragte er, als unsere Getränke vor uns standen und ich meine Hände wärmend darum schloss.

„Ich frage eine Freundin. Sie fährt mich bestimmt. Und wartet auch mit mir auf den Pannendienst", antwortete ich schnell. Nicht dass er doch noch auf die Idee kommt, mich hinfahren zu wollen.

Ich wechselte das Thema. „Was hatten Sie eigentlich dort im Wald verloren?"

„Ach, wie soll ich es ausdrücken. Ein dringendes Bedürfnis zwang mich dazu." Er zwinkerte mir schon wieder zu und fuhr fort. „Ich war gestern auf der Geburtstagsfeier eines Freundes. Sie können sich ja denken, wie es da zugeht. Und da ich betrunken nicht fahre, bin ich erst heute Mittag aufgebrochen, nach ungefähr vier Tassen Kaffee. Was mein Glück war, sonst hätte ich Sie nicht gefunden. Ohne mich würden Sie immer noch in der Gegend herumirren." Er grinste mich an. Vielleicht sollte es auch ein Lächeln sein, aber dafür sah ich zuviele Zähne.

„Vielleicht wäre mein ‚Retter auf weißem Roß' erschienen und hätte mich mit auf sein Schloss genommen.", entgegnete ich.

„Und dann? Hätten Sie sich gelangweilt. Ich bin nicht so schlimm, wie Sie denken."

„Das habe ich doch nie behauptet!", unwillkürlich schnappte ich nach Luft.

„Das brauchen Sie auch nicht. Ihre Körpersprache verrät genug. Sie sitzen von mir entfernt, umschlingen Ihren Körper mit beiden Armen und pressen die Lippen aufeinander. Sehr schöne, wenn ich das sagen darf. Ihr Blick huscht ständig zur Tür, weil Sie am liebsten gehen wollen." Er beugte sich vor und sah mir in die Augen. Und ich versuchte nicht wegzuschauen. „Vielleicht komme ich Ihnen arrogant vor. Aber um das herauszufinden, sollten Sie mich erstmal kennenlernen."

Ich schwieg.

„Na gut. Ich höre jetzt auf, Predigten zu halten." Er hielt mir seine Hand über den Tisch entgegen, wiedereinmal. „Frieden?"

Ich sagte immer noch nichts, zählte nur im Geiste langsam bis zehn, um nicht loszuschreien infolge seiner richtigen Einschätzung meinerseits. Es machte mich wütend.

Seine Hand ignorierend stand ich auf. „Ich warte draußen auf Sie. Hoffentlich ist die nächste Haltestelle nicht so weit entfernt. Am liebsten würde ich laufen, wenn ich wüsste, wo ich bin."

Ludwig fuhr mich wie versprochen zur nächsten Haltestelle. Wir redeten kein Wort miteinander. Ich spürte, dass er mich beobachtete und anhob, etwas zu sagen, aber ich ignorierte ihn. Am Ziel angekommen brach er doch noch das Schweigen, auf seine Art. „Sie hätten sich bestimmt wieder verlaufen."

„Müssen Sie immer alles auf die leichte Schulter nehmen?", fuhr ich ihn an.

„Sind Sie immer so verbissen?", gab er Kontra. „Falls

wir uns doch wieder über den Weg laufen, sind Sie vielleicht besser gelaunt. Und ich lerne Ihre positive Seite kennen, Isa. Bis dahin, passen Sie auf sich auf."

Wütend stieg ich aus und zeigte ihm meine bissige Seite: „Sie versuchen so locker und cool rüberzukommen, aber dafür sollten Sie vielleicht auch das passende Auto fahren. Etwas, das den Mistkerl in Ihnen unterstreicht."

„Keine Angst. Mein Porsche steht in der Garage. Das hier gehört meiner Freundin." Dann fuhr er los.

Bleischwer fiel ich zu Hause aufs Sofa. Die Anstrengung des Tages tat ihre Wirkung, zog mich hinab wie ein Strudel im Wasser. Auch der Glühwein hatte daran Schuld.

Die Sonne war inzwischen untergegangen und der Regen trommelte an meine Fenster. Der Tag hatte mies geendet. Nur wegen Ludwig. Und seiner Freundin. Was wollte der Kerl eigentlich von mir? Baggert mich an, schleppt mich in diese alte Holzhütte und plötzlich erzählt er was von einer Freundin? Aber was kümmerte es mich? Er war ein eingebildetes Exemplar von Mann. Und ich war froh, ihn nie wiedersehen zu müssen. Ich legte mich in die Wanne und telefonierte dabei mit Birgit. Sie ließ mich reden, ohne zu unterbrechen. Ihr einziger Kommentar dazu war: „Bist du sicher, dass er dich anmachen wollte? Vielleicht wollte er dir wirklich nur helfen."

Ich schnappte hörbar nach Luft. „Der Kerl hat sich doch von Anfang an lustig über mich gemacht. Lässt mich durch den Wald laufen, obwohl er selbst ringsherum fährt. Da hätte er mich auch mitnehmen können."

„Du wärst doch gar nicht eingestiegen", hielt sie mir vor. „Isa, du bist total verschlossen und misstraust jedem. Das hat er... Ludwig?... gleich von Anfang an zu spüren bekommen."

„Das stimmt doch gar nicht."

„Doch, tut es. Und jetzt bist du sauer, weil er dich so leicht durchschauen konnte. Denk mal drüber nach und entspann dich. Du triffst ihn doch sowieso nicht wieder. Also sieh es als kleine Übung für den Nächsten."

„Ludwig ist ja auch vergeben", murmelte ich noch als Zustimmung.

„Kann dir doch nur Recht sein. Wir sehen uns morgen."

„Bis morgen." Ich legte auf.

Ja, kann mir nur Recht sein. Freundin! Aber warum quatscht er mich an? Warum für den nächsten üben? Ich war erst seit kurzem Single. Ich brauchte keinen neuen Mann in meinem Leben.

Ich schlief schlecht in der Nacht. Ein Traum jagte den nächsten. Mal lief ich vor etwas weg, ein anderes

Mal rannte ich freudig auf etwas zu. Aber ich kam nie an. Und überall war Wasser.

5

Als ich aufwache scheint die Sonne direkt in meinen Spiegel im Schlafzimmer. Das Licht wird zurückgeworfen und im ganzen Zimmer sind helle Lichtreflexe zu sehen, als ob selbst am Tag die Sterne leuchten würden. Es sieht schön aus, erinnert mich aber daran, dass es schon nach Mittag sein muss. Da heute aber Sonntag ist, verbringe ich meinen Tag sowieso mit Kaffee und einem guten Buch im Bett. Und mit meinem Handy. Birgit wird bestimmt wissen wollen, wie es gestern mit Karl lief. Schließlich hatte sie ihn für mich ausgesucht. Sie kannte ihn schon seit seinem ersten Arbeitstag. Und irgendwie war sie der Meinung, er würde mir gefallen.

Im Flur blicke ich mich um. Hatte ich nicht gestern meine Sachen hier irgendwo liegen lassen? Dann entdecke ich meine Tasche auf der Kommode, die Schuhe akkurat nebeneinander links der Haustür. Ansonsten ist der Boden wie leergefegt.

Georg, ist mein erster Gedanke. Ich gehe in die Küche und da steht er. Mit schwarzer Jeans und cremefarbenem Hemd bekleidet, das Jacket in der einen Hand und die Autoschlüssel in der anderen.

„Willst du weg?", frage ich noch schläfrig und kneife meinen Augen zusammen. Auch die Küche ist sonnenhell, was ich sonst sehr begrüße, aber jetzt blendet mich alles. Vielleicht hatte ich gestern doch ein Glas zu viel getrunken.

Georg schaut mich verärgert an. „Wir sind zum Kaffee bei meinen Eltern eingeladen. Hast du das vergessen?"

„Ach ja, tut mir leid. Es ist gestern etwas später geworden. Kannst du mich bitte entschuldigen, mir gehts heute nicht so gut."

„Spät geworden? Ich habe noch nie gehört, dass Brunch bis in die Nacht hinein geht."

Seine schlechte Laune ist wirklich ansteckend. „Ich war mit Birgit zusammen. Du weißt, dass wir zwei immer noch was zusammen unternehmen."

„Du meinst, ihr geht was trinken. Was kulturelles käme euch sicher nicht in den Sinn und das, obwohl ihr in einem Theater arbeitet. Man sollte meinen, ihr hättet mehr Verstand. Und jetzt zieh dich an. Aber etwas Anständiges. Deinen Fetzen von gestern habe ich in die Maschine gesteckt. Der stank extrem nach Kneipe. Los! Ich warte hier."

„Da kannst du lange warten", fauche ich. „Ich bleibe zu Hause. Nur weil ich ab und zu ausgehe, bin ich noch lange keine Säuferin."

„Das ist gegen unsere Abmachung. Muss ich dich daran erinnern?"

„Verklag mich doch. Ich bleibe hier. Und was du deinen Eltern erzählst, ist mir egal. Dir wird schon was passendes einfallen, um nicht schlecht dazustehen."

Ich schmeiße die Küchentür hinter mir zu und gehe zurück ins Schlafzimmer. Dort warte ich, bis ich höre, wie Georg den Motor startet und die Auffahrt verlässt. Endlich bin ich allein.

Georg ist weg, vorerst. Aber er wird wiederkommen. Schließlich ist er mein Ehemann. Und vor vier Jahren war er mein Retter. Er war derjenige, der wieder Leben in mich brachte. Der mich zum Lachen brachte, obwohl ich glaubte, dass alles verloren ist ohne Ludwig.

Ich hatte Georg im Hörsaal kennengelernt. Es war Sommer. Er hielt als Professor für Anatomie und Physiologie zwei Vorträge in dem Kurs, den ich gelegentlich besuchte, als mein Dozent krankheitsbedingt ausfiel. Der Direktor der Universität war natürlich sehr stolz darauf, einen so renommierten Mann als Gastredner bei uns zu haben.

Ich saß in der ersten Reihe, weil ich zu spät kam und alle anderen Plätze schon besetzt waren. Während ich versuchte dem Vortrag zu folgen und mich zu konzentrieren, bemerkte ich gar nicht, wie Georg mich beobachtete. Selbst das Kichern ‚meiner' Kommilitonen blendete ich aus. Ich saß mit gesenkten Kopf da, die dunkelblonden Haare vor dem Gesicht, um mein Alter zu verbergen, und beschrieb meinen Zettel, nur nicht mit den richtigen Dingen. Nachdem er geendet hatte und alle gegangen waren, fing er mich an der Tür ab. Ob ich denn alles mitbekommen hätte, so versunken, wie ich da gesessen hätte. Er drückte sich etwas altmodisch aus, aber es passte zu ihm, schließlich war Georg damals schon siebenundvierzig. Ich antwortete höflich, aber kühl und einsilbig, während ich mich mit ihm im Schlepptau auf den Weg zum Theater machte. Aber Georg gab nicht auf. Ein paar Tage später tauchte er mit einer großen Vase vor meiner Arbeit auf. Er stellte sie auf die oberste Treppenstufe des Theaters, mit nur einer einzelnen Blume darin und sagte, er würde jeden Tag eine weitere dazustellen, bis ich mit ihm ausgehen würde.

Ich schenkte ihm ein schiefes Lächeln, das erste seit zehn Monaten und drei Tagen. Solange trauerte ich bereits um Ludwig. Nach elf weiteren Blumen und den ersten welken Blütenblättern auf den Stufen, dazu dem Kommentar meines Arbeitgebers über Müllhalde und Theater, brachte ich alles nach Hause und rief Georg an. Ich verbrachte von da an immer mehr Zeit mit ihm, so dass zum Nachdenken keine mehr übrig war. Und als er mich fragte, ob ich ihn heiraten wollte, sagte ich ja. Wir kannten uns erst seit vier Monaten, aber das war mir egal. Ich wurde Isa Stanowsky, seine Frau. Er war meine Rettung, er ließ mich Ludwig vergessen.

Aber nur für kurze Zeit.

Mittlerweile ist es so, dass wir uns aus dem Weg gehen. Wir sehen uns früh und abends, wenn wir es nicht vermeiden können. Und gelegentliche Verpflichtungen erledigen wir auch gemeinsam, wie Geburtstage in der Familie, Essen mit Arbeitskollegen. Ich bin die Frau an seiner Seite. Ich muss nur hübsch aussehen und ihn gut dastehen lassen. Aber warum ich dieses Spiel mitspiele, kann ich nicht sagen. Wir haben uns daran gewöhnt, dass jeder sein Leben hat, obwohl ich nicht glaube, dass Georg mit allem, was ich treibe, einverstanden wäre. Wer lässt sich schon gerne betrügen? Aber wie gesagt, mein Bett ist groß und leer, und irgendwer muss auch mir Nähe und Geborgenheit geben, egal für wie lang.

Meine erste Versuchung hieß Jonathan Gall. Er war groß, blond und süß und versteckte seine Augen hinter dicken Brillengläsern. Nach einem heftigen Streit mit Georg verließ ich das Haus und fuhr in mein altes Viertel zurück, direkt in meine damalige Stammkneipe. Obwohl ich mich zu dem Zeitpunkt den ganzen Abend an einem einzigen Glas Wein festhalten konnte, schüttete ich es diesmal gleich in mich hinein und bestellte das nächste. Als ich beim dritten war, setzte sich Jonathan neben mich und meinte, in Gesellschaft tränke es sich viel leichter. Ich weiß nicht mehr, was ich erwiderte. Ich war schon zu betrunken und kam erst wieder zu Besinnung, als ich in seinen Armen lag und wir uns küssten, in seinem Auto auf dem Parkplatz. Ich kam mir wieder vor wie sechzehn, aber es war schön. Er strahlte so viel Wäre aus und seine Lippen lagen weich und fordernd auf meinen. Trotzdem zog ich die Notbremse. Ich stammelte eine Entschuldigung und rannte davon.

Noch heute frage ich mich, wie es wäre, mit Jonathan zu schlafen, aber ich habe mir nie die Mühe gemacht, ihn zu suchen. Es kamen andere Gelegenheiten, andere Männer, die mir gaben, was ich brauchte. Und bis heute hatte mir das gereicht. Jetzt nicht mehr.

Ich liege zusammengerollt unter meiner Decke, doch jedes Mal wenn ich meine Augen schließe, sehe ich Ludwig im schwarzen Anzug, glücklich mit ihr an seiner Seite. Das darf nicht sein. Ich quäle mich jeden Tag mit Georg durch mein Leben, und Ludwig ist glücklich? Hat er mich etwa vergessen? „Nein", sage ich laut. Ich strample die Decke weg und stehe entschlossen auf. Ludwig gehört mir. Dafür werde ich sorgen. Aber wie?

Ich krame mein Handy aus der Tasche. Ein verpasster Anruf von Birgit steht auf dem Display. Doch sie muss erstmal warten. Ich durchsuche meine Kontaktliste, aber seine Nummer steht nicht drin. Ich blöde

Kuh habe sie damals gelöscht. Aber nur weil ich wütend war und am Boden zerstört. Mein Leben hatte gerade aufgehört zu existieren.

Ich gehe ins Arbeitszimmer. Da Georg nicht da ist, kann ich mich in Ruhe an den PC setzen. Mein Blick schweift über das Sofa links von mir. Decke und Kissen liegen ordentlich an einer Seite, als ob nichts wäre. Aber ich weiß, dass Georg hier geschlafen hat. Das tut er fast jede Nacht. Nur am zwanzigsten des Monats kommt er in mein Bett, um mit mir zu schlafen. Und da auf ihn Verlass ist, trinke ich vorher ein paar Gläser Wein und bereite mich mit meinen Fingern auf ihn vor. Zum Glück geht es schnell, so dass ich dann wieder meine Ruhe habe. Beim ersten Mal dachte ich, er wolle unsere Ehe retten, Zeit mit mir verbringen. Doch plötzlich lag er auf mir. Es tat weh. Zum Dank kratzte ich seinen Rücken blutig. Einen Monat später ahnte ich, was passieren würde, als er mir ins Schlafzimmer folgte. Wie gesagt, Georg liebt Regelmäßigkeit.

Sobald ich im Internet bin, tippe ich alles ein, was ich über Ludwig weiß. Finde alte Informationen und neue. Und langsam formt sich ein Plan heraus, wie er zu mir zurückkommt. Ich weiß auch schon, wo ich anfange.

6

Wir rannten über die Strasse bis zum erstbesten Restaurant, das wir sahen. Der Aprilregen prasselte auf uns nieder. Wir schlüpften zur Tür hinein und ließen uns an einem Fenstertisch lachend nieder. Das Wetter konnte uns heute nicht die Laune verderben, denn Birgit und ich feierten die Premiere des neuen Stücks der ‚Spielbühne'. Eigentlich Birgits Sieg, denn als Dramaturgin hatte sie viel geleistet. Seit ich dort angestellt bin, verstanden wir beide uns super, wir trafen uns regelmäßig und zogen durch die Bars. Wobei Birgit wie eine große Schwester war, immer auf mein Wohl bedacht und Ratschläge verteilend. Da ich keine Geschwister hatte, war es mir recht. Ich passte dafür auf, dass sie nicht zu viel trank und fuhr sie nachts nach Hause.

„Na, kannst du jetzt wieder durchatmen?", fragte ich und grinste sie an.

„Oh ja. Und zum locker werden gibt es jetzt erstmal einen Cocktail. Geht auf mich."

Sie lief zur Bar, um zu bestellen. Um ruhig sitzen zu bleiben, war sie noch zu quirlig. Deshalb lief sie auch gleich weiter zur Toilette. Anscheinend um sich frisch zu machen.

Ich lehnte mich bequem zurück und schaute den Regentropfen zu, die die Scheibe hinunterliefen. Ich entspannte mich dabei. Als der Kellner an unseren Tisch trat, drehte ich mich lächelnd zu ihm um.

„Sie sehen hübsch aus, wenn Sie lachen."

Da stand Ludwig, weißes Hemd, schwarze Hose, wilde Locken. Was machte er hier?

Ich zog die Stirn irritiert zusammen.

„So gefallen Sie mir auch. Sie können mich nicht abschrecken, Isa." Er setzte sich auf Birgits Stuhl und schaute mich an. „Schön, sie wiederzusehen."

Ich sagte nichts. Meine Gedanken überschlugen sich, bildeten dabei aber keine logischen Sätze.

„Hallo. Ich bin Birgit", hörte ich eine bekannte Stimme links von mir. „Sollte ich Sie kennen?"

„Ich heiße Ludwig und bin für heute Abend Ihr Kellner." Er erhob sich und schob Birgit den Stuhl zurecht.

„Gehört ‚Sitz anwärmen' auch dazu?", fragte sie locker und blickte dabei von ihm zu mir.

„Nur für enge Freunde von Isa." Er schaut mich an, deute eine Verbeugung an und ging.

Birgit schaute ihm hinterher. „Ist das dein Ludwig?"

„Er ist nicht mein Ludwig", gab ich erschrocken zurück. Was wenn er sie gehört hatte?

„Dafür wirst du aber ganz schön rot. Er sieht süß aus. Bisschen jung für mich, aber er scheint ja sowieso nur Augen für dich zu haben."

Ich funkelte sie böse an. „Hast du vergessen, dass ich gar kein Interesse habe? Ich bin gerne Single. Und er hat schon eine Freundin."

„Bist du sicher? So wie er dich anschaut, sollten wir da nochmal nachhaken."

„Wie?" Entsetzt beobachtete ich, wie Birgit den Arm hob, in der Hand ihr leeres Glas. Es dauerte keine drei Sekunden, da stand Ludwig schon bei uns.

„Noch einen, bitte", bestellte sie höflich. „Und möchten Sie vielleicht einen mit uns zusammen trinken? Isa hat mir schon so viel von Ihnen erzählt..."

„Hab ich nicht", raunte ich.

„... da möchte ich ihren Retter doch gerne kennenlernen."

Ohne zu antworten ging Ludwig, kam aber sofort mit drei Drinks zurück und setzte sich zu uns.

„Eine kleine Pause habe ich mir verdient. Zum Wohl."

„Und Ihre anderen Gäste? Die wollen Sie doch nicht warten lassen?", fragte ich in der Hoffnung, er möge wieder gehen.

„Sie sind doch auch mein Gast. Außerdem kommt in einer halben Stunde meine Ablösung. Wenn es Sie nicht stört, dass ich gelegentlich aufspringe, leiste ich Ihnen gerne Gesellschaft."

Ich nickte. Es fühlte sich gut an, ihn in meiner Nähe zu haben. Schon bald waren Ludwig und Birgit in ein Gespräch über die Inszenierung vertieft, während ich nur geringfügig mitredete, dabei aber immer wieder Ludwig von der Seite anschaute.

Nach einer Weile erhob sich Birgit. „Ich muss los. Mein Mann erwartet schließlich auch noch einen detaillierten Bericht von mir. Ciao."

„Aber...", ich sprang auf, um mitzugehen.

„Bleib ruhig da", sagte sie beschwichtigend. „Und trink erstmal in Ruhe aus."

Erst da sah ich, dass mein Glas noch fast voll wahr, die Eiswürfel geschmolzen, während zwischen Birgit und Ludwig mehrere leere Gläser standen.

„Soll ich Ihnen etwas Neues holen?", fragte mich Ludwig.

„Ja, bitte."

Während er zur Bar ging, atmete ich tief durch. Der Abend lief gut, trotz meiner Aufregung, also beschloss ich, es Birgit gleich zu tun und locker zu werden. Was hatte ich schon zu verlieren?

Er kehrte mit zwei Flaschen zurück, Wasser und Wein, überließ mir aber die Wahl, während er sich selbst Wein einschenkte. Wie zuvor ließ er sich neben mir nieder, so dass ich seinen Geruch wahrnehmen konnte, eine Mischung aus Aftershave und Limette und Er-Selbst. Anziehend.

„Sie arbeiten also hier?", setzte ich an.

„Ja. Aber wollen wir nicht lieber du sagen? Schließlich sehen wir uns schon zum zweiten Mal."

„Okay. Du arbeitest hier und kannst dir einen Porsche leisten?"

„Aah, das. Ich gestehe, ich habe da ein bisschen dick aufgetragen. Aber Kellner stimmt auch nicht ganz."

Ich sah ihn fragend an. „Dann hast du jetzt die Gelegenheit, alles aufzuklären. Und bitte die Wahrheit."

„Ja, aber ich würde nicht behaupten, dass alles gelogen war. Ich bin gelernter Koch und habe mich zum Manager hochgearbeitet. Mittlerweile bin ich Mitbesitzer vom ‚Ego-isst', wenn auch nur zu zehn Prozent. Aber wenn wie heute Not am Mann ist, springe ich auch gerne als Kellner ein. So kann ich auch am Besten erfahren, wo es Probleme gibt oder wie zufrieden unsere Gäste sind."

Er zeigte lächelnd auf mich. „Bei dir würde ich mich fragen, ob es dir nicht schmeckt. Was mache ich falsch?"

„Du lenkst mich ab", antwortete ich verlegen.

„Soll ich gehen?"

„Nein", viel zu schnell kam es mir über die Lippen, aber ich war noch nie gut darin zu flirten und zu spielen. „Es ist nur so...", stammelte ich. „Es ist schön, dass du hier bist, auch weil ich mich noch für mein Verhalten von letztens entschuldigen wollte, aber mir geht nicht aus dem Kopf, was du beim Abschied gesagt hast."

Statt einer Antwort sah er mich diesmal fragend an.

„Deine Freundin?", half ich weiter. „Wie kann ich hier gemütlich mit dir sitzen, wenn sie zu Hause auf dich wartet?"

„Anscheinend hab ich an dem Tag nur Halbwahrheiten erzählt. Das Auto gehört meiner Exfreundin. Wir waren eine Weile zusammen, bis sie durch ihre Arbeit in eine andere Stadt umzog. Ich wollte hier nicht weg, schließlich lief es für mich auch gerade gut. Zwei Jahre lang sind wir gependelt, bis wir merkten, dass wir uns fremd wurden. Also haben wir vor ein paar Monaten Schluss gemacht."

„Verstehe", ich versuchte ein mitfühlendes Gesicht zu machen, innerlich jedoch strahlte ich vor Glück.

„Also, lässt du dich heute von mir einladen?"

„Nein." Ich musste lachen, als ich sein Gesicht sah. „Schau nicht so gequält. Diesmal bin ich dran."

„Warum bist du auf einmal so locker? Was habe ich angestellt?"

„Vielleicht weil du heute kein Arschloch bist?" Verlegen schaute ich ihn an. „Sorry!"

„Schon gut. Trinken wir auf das arrogante Arschloch.Das waren doch deine Worte? Und auf dich, die Frau, die immer nüchtern ist."

„Denkst du denn, betrunken bin ich netter?"

„Keine Ahnung. Finden wir es heraus." Er nahm mein Wasserglas, trank es aus und füllte es mit Wein.

„Und nun erzähl mir von dir. Birgit hat vorhin irgendetwas von der Uni erzählt."

„Birgit plappert manchmal ganz schön viel. Aber ja, ich versuche zur Zeit mich weiterzubilden. Ich bin gelernte Maskenbildnerin, da ich aber meinem Onkel in seinem Beerdigungsinstitut gerne zur Hand gehe, wollte ich noch eine Ausbildung zur Thanatopraktikerin machen. Aber..."

„Was ist das?"

„Hauptsächlich geht es um das Wiederherrichten von Toten zum Beispiel nach einem Unfall, um sie auch im offenen Sarg zu präsentieren."

„Klingt eklig."

„Warum? Meine Kunden sind ruhig, keiner beschwert sich, ich muss keinen Small Talk machen."

„Fällt dir das denn so schwer? Von mir mal abgesehen, musst du dich im Theater doch immer wieder unterhalten. Da hast du schließlich die unterschiedlichsten Persönlichkeiten um dich herum."

„Klar. Und jeder will bevorzugt werden. Oder über sein nächstes großes Projekt reden. Manchmal möchte ich einfach abschalten. Deshalb schleiche ich mich zweimal die Woche in die Uni in die Anatomievorlesung. Eine neue Ausbildung war mir zu viel. Ich schätze mal, ich bin mit meinen achtundzwanzig Jahren auch schon zu alt dafür. Aber die Vorlesungen sind sehr interessant, und ich kann es später gut umsetzen."

„Und du bevorzugst wirklich die Toten? Also ich bleibe lieber bei den Lebenden. Es fühlt sich einfach besser an, die Wärme ihrer Haut zu spüren." Er legte seine Hand auf meine und rückte dichter an mich heran. Es fühlte sich aufregend an. Meine Haut war heiß, mein Körper kribbelte. Ich schaute ihn an, hoffte das er mich küssen würde. Er beugte sich zu mir, strich mir eine Strähne hinter mein Ohr und flüsterte: „Es war ein sehr schöner Abend mit dir, aber du solltest jetzt gehen."

Ich war wie vor den Kopf gestoßen. Was sollte das? Erstarrt saß ich da und sah ihn an.

„Komm, ich bring dich raus." Langsam und sachte zog er mich hinter sich her. Warum hatte er mich nicht geküsst? Hatte ich irgendetwas falsch gedeutet?

An der Tür drehte er sich zu mir um. Vielleicht jetzt? Ohne das seine Kollegen uns sehen? Aber nichts geschah. So konnte es nicht enden.

Ich trat auf ihn zu, küsste ihn schnell auf den Mund und rannte davon, wobei ich beinahe mit einer dunkelhaarigen Frau zusammenstieß, die zielstrebig an mir vorbei eilte. Wenn er das nicht verstand, ...

7

Jetzt stehe ich wieder hier, nach fünf Jahren. Die Sonne ist bereits untergegangen, aber die Wärme ist immer noch spürbar. Die Häuser ringsum strahlen sie ab. Auch die Wand, an die ich mich lehne, ist noch warm.

Seit einer Stunde warte ich hier und beobachte den Eingang vom ‚Ego-isst'. Da ich nicht weiß, wann Ludwigs Schicht endet, muss ich wohl ausharren. Aber ich weiß, dass er hier ist. Im Sommer ist Hochsaison, hatte er mir damals erzählt. Keine Zeit für Urlaub. Hoffentlich auch nicht für Hochzeitsreisen.

Ich verlagere mein Gewicht auf den anderen Fuß und remple dabei beinahe Passanten an, die vorbei eilen. Ein Mann spricht mich sogar an, gutaussehend, aber noch jung. Obwohl der Vollbart ihn älter wirken lässt, merke ich an seiner Art, dass er Student ist. Ich wimmle ihn ab, stecke aber seine Telefonnummer ein.

Ich sehe, wie immer mehr Gäste das Restaurant verlassen. Nur noch vereinzelt sind Tische besetzt. Die Kellner fangen an, die Außentische zusammen mit den Stühlen zu sichern. Die Kerzen werden gelöscht. Und da sehe ich ihn rauskommen. Ludwig sieht aus wie damals, als hätte sich seitdem nichts verändert. Er bleibt stehen und lächelt in meine Richtung. Überrascht erwidere ich es, bis ich merke, dass es nicht mir gilt. Sie ist hier! Zornig starre ich ihr hinterher. Sehe, wie sie

zu Ludwig läuft und ihn umarmt. Was hat sie hier verloren? Schmiegt sich an ihn, als würde er ihr gehören!
Dabei hatte er mir ewige Liebe geschworen. Es wird
Zeit, ihn daran zu erinnern. Aber heute ist sie mir dazwischen gekommen. Kein Problem. Ich weiß, was ich
zu tun habe. Aber erst morgen!

Heute muss ich mich abreagieren. Ich krame den
Zettel aus meiner Handtasche. ‚Clemens‘ steht dort
ordentlich in Druckbuchstaben geschrieben, daneben
die Nummer schnell hingeschmiert. Umgekehrt wäre
besser gewesen. Sein Name ist beim Sex unwichtig.
Und etwas anderes interessiert mich nicht.

Ich liege bäuchlings auf meinem Bett. An Schlaf
ist nicht zu denken. Um mich herum liegt alles, was
ich über Ludwig gesammelt habe. Sein Arbeitsplatz
war das geringste Problem. Auf der Homepage des
‚Ego-isst‘ sind Fotos vom letzten Sommerfest zu sehen,
das immer am 21.6. stattfindet, mit rot gedeckten Ti-
schen, gelben Seerosen in Glasschalen, Kerzenschein,
Menschen in bunten Kleidern und dazwischen weiß-
schwarz gekleidetes Personal, auch Ludwig. Was für
mich der beste Beweis ist, dass ich ihn immer wieder
dort aufsuchen kann.

Seine Handynummer fand ich in meinen alten
Rechnungen wieder. Glücklicherweise wurden mir
damals alle Telefonate aufgelistet. Schwieriger war es,
Adresse und Festnetznummer zu bekommen, die für

meine Pläne aber von Bedeutung sind. An seiner alten Wohnung war ich vor ein paar Tagen gewesen. Leider musste ich feststellen, dass jemand anderes darin wohnt. Die Auskunft nannte mir aber zwei Adressen von Ludwig Keuh, ohne Telefonnummer. Doch sobald es mir möglich ist, werde ich wenigstens die beiden Anschriften überprüfen.

Sehr viele andere Möglichkeiten fielen mir nicht mehr ein. Und bevor ich anfangen konnte, ihn zu googeln, hörte ich Georgs Auto in der Einfahrt. Ich fuhr den PC runter und verließ das Arbeitszimmer, um jeden Kontakt mit meinem Mann zu vermeiden.

Ich schalte das Licht aus, um zu schlafen und von Ludwig zu träumen. Meine Zettel schiebe ich zur Seite, bis sie knisternd zu Boden fallen. Ich muss morgen unbedingt mehr herausfinden. Der heutige Tag war enttäuschend. Diese Schlampe hätte sich nicht einmischen dürfen.

Die nächsten Tage erledige ich meine Arbeit, ohne darüber nachzudenken. An zwei Tagen habe ich morgens im Bestattungsinstitut zu tun, nachmittags bin ich am Theater beschäftigt: schminke, passe Masken an, beantworte Fragen, führe Gespräche über das Theaterstück, aber gedanklich schmiede ich Pläne. Nachts fahre ich die beiden Adressen ab. Die zweite gehört zu ihm, jedenfalls stehen sein und ihr Name am Briefkasten. Wie viele kann es denn noch in dieser Stadt geben, die Ludwig und Leonor heißen? Es ist ein Altbau, vier Etagen, hellgrau gestrichen. Wo genau seine Wohnung liegt, kann ich nicht sagen. Auch brennen keine Lichter mehr hinter den Fenstern, dafür ist es zu spät. Schade! Ich hätte ihn so gerne wiedergesehen. Momentan begnüge ich mich mit Fotos und Erinnerungen, die ich mit Ludwig verbinde, Dates, die einmalig für mich waren.

Freitags halte ich es nicht mehr aus und lade mich abends bei Birgit ein unter dem Vorwand, dringend ihren Rechner zu brauchen, weil Georg unseren Tag und Nacht besetzt, um an seinem Vortrag über ‚Schädelbasisöffnungen‘ zu arbeiten. Birgit hat nichts dagegen, durchschaut mich aber sofort.

„Raus mit der Sprache", fordert sie mich umgehend auf, sobald sie die Tür geöffnet hat. „Du hast doch sonst nie ein Problem, Georg den Platz streitig zu machen."

„Diesmal muss er aber nicht merken, was ich tue. Ich habe dir doch erzählt, dass er immer reingeschneit kommt, um zu fragen, wann ich endlich fertig bin." Ich verdrehe genervt die Augen.

„Deshalb predige ich dir schon seit Jahren, dir einen Laptop anzuschaffen", belehrt sie mich wieder. „Mit seinem Geld ist das doch kein Problem."

Birgit tut manchmal überheblicher als sie wirklich ist, aber da ich sie gut genug kenne, kann sie mich nicht verletzten.

„Gehen wir dann noch aus, Isa? Das letzte Mal ist schon lange her."

„Noch nicht mal eine Woche", entgegne ich. „Außerdem ist mir nicht nach ausgehen."

Birgit tritt vor mich und schaut mich prüfend an. „Was ist los? Du kannst es doch sonst nie erwarten rauszukommen."

Ich seufze. Da ich weiß, dass Birgit nicht locker lässt, beschließe ich, ihr alles zu erzählen. Außerdem weiß ich, dass sie Geheimnisse für sich behalten kann, besonders meine.

„Ludwig?", überrascht sieht sie mich an. „Oh nein, Isa. Sag mir jetzt nicht, dass das wieder anfängt. Du hast mir damals tagelang die Ohren voll geheult, dass er dich verlassen hat. Bis Georg auftauchte. Er ist zwar auch die falsche Entscheidung gewesen, aber das lässt sich leicht ändern. Meine Meinung dazu kennst du. Aber Ludwig? Weißt du nicht mehr, wie du gelitten hast? Soll sich das wiederholen?"

„Es wird sich nicht wiederholen", entgegnet ich bestimmt. „Er wird diesmal bei mir bleiben. Das weiß ich. Wir waren so glücklich zusammen. Dafür werde ich wieder sorgen. Und du hilfst mir, wie damals."

„Isa, das geht schief. Und was ist mit seiner Frau?"

„Darum kümmere ich mich schon. Aber ich brauche mehr Infos über ihn und eine Festnetznummer."

„Schreib ihm doch einfach eine Mail. Die kann er lesen, ohne dass sie es merkt."

„Das ist aber nicht mein Plan. Hilft du mir jetzt? Ich erzähl dir noch alles genauer."

„Okay. Aber wenn es schief geht, lässt du mich mit deinem Gejammer in Ruhe. Und du verlässt Georg. Er tut dir nicht gut. Es gibt genügend andere Männer, wie du nur zu gut weißt."

Birgit fällt es wesentlich leichter als mir, im Internet mit den richtigen Schlagwörtern mehr über Ludwig zu finden. Nach ein paar Stunden halte ich seine Nummer in den Händen und dazu, dank Facebook und gemeinsamen Freunden, eine Liste mit Orten, an denen er gerne ist. Seine Lieblingskneipe hat sich geändert, auch sein Musikgeschmack ist weicher geworden, sehr viel klassische Musik ist dazugekommen. Theater, Galerien, Ausstellungen. Das kann nur ihr Einfluss sein. So ist er nicht. Ich werd schon dafür sorgen, dass er wieder der Alte wird.

Auch an Leonors Handynummer kommt Birgit heran. Über eine Freundin und deren Freundin und deren findet sich plötzlich eine Frau, die ebenfalls Lehrerin an Leonors Schule ist. Birgit erzählt eine Geschichte über ihren erfundenen Sohn und möchte Informationen über die Schule zwecks Anmeldung, am Besten in Leonors Klasse. Deshalb würde sie gerne persönlich mit ihr sprechen. Niemand hegt Zweifel daran und schon gehört die Nummer mir. Freudig falle ich Birgit um den Hals.

Als Dankeschön lade ich sie doch noch zu einem Drink ein. Es ist fast Mitternacht als wir im ,Zirkel' ankommen. Das Lokal ist voll und Musik dröhnt aus den Boxen, so dass wir kaum etwas verstehen. Wir schreien dem Barkeeper unsere Bestellung entgegen und lehnen uns gegen den Tresen, ich glücklich und verträumt, Birgit suchend.

„Was hältst du von denen?" Sie zeigt mit dem Kopf zur gegenüberliegenden Seite des Raumes, wo eine Gruppe von Männern zusammensteht.

„Soll ich sie etwa alle mitnehmen?", grinse ich sie an. „Ich brauche niemanden. Ich bin schon vergeben."

Grimmig sieht sie mich an. „Nein, bist du nicht. Ludwig hat dich garantiert schon vergessen. Und ich denke, es wäre das Beste, wenn du dir ihn aus dem Kopf fickst."

„Birgit, die Kupplerin."

„Hat dich noch nie gestört."

„Da brauchte ich auch Abwechslung, aber jetzt …"

„Jetzt erst recht. Du solltest Ludwig vergessen."

„Der in der Mitte sieht aber aus wie Ludwig."

„Du machst mich wahnsinnig", stöhnt sie und schüttelt ihren Kopf.

„Welchen willst du denn?", gebe ich die Frage zurück.

„Ich? Ich brauche keinen."

„Wie kommt es, dass du mich immer an den Mann bringen willst und selber alleine nach Hause gehst?"

„Weil ich mit Tom glücklich verheiratet bin, wie du weisst."

„Ehe ist kein Argument."

„Doch, wenn es der Richtige ist. Ich versuche schon seit Jahren dir die Augen zu öffnen, doch du bleibst blind." Resigniert schaut sie mich an.

„Tja dann. Mach du den Anfang, dann nehme ich den Ersatz-Ludwig."

„Kein Problem", lächelt sie und prostet den vier Männern zu, die sich gleich angesprochen fühlen und sich zu uns zu stellen.

Von Birgit sehe ich in dieser Nacht nicht mehr viel. Ich bin beschäftigt mit trinken, flirten, küssen, doch welchen von denen kann ich nicht sagen. Ich spüre keinen Unterschied. Sie schmecken nach Bier, ihre Zungen rau und fordernd. Doch nur die Bässe der Musik bestimmen meinen Herzschlag, niemand sonst.

Als ich am frühen Morgen eine fremde Wohnung verlasse, weiß ich nicht, welchen Körper ich benutzt habe, denn anders als sonst, ist mir meine Sammlung nicht mehr wichtig. Ich kann auch ohne sie wieder Leben in mir fühlen. Ich denke nicht mehr darüber nach, was ich letzte Nacht getan habe, sondern fiebere dem nächsten Abend entgegen.

Etliche Stunden später stehe ich mit dem Telefon in der Hand zu Hause am Fenster. Vom Boden zur Decken reichend sollten sie Licht und Weite bringen, aber oft komme ich mir vor, wie hinter Glas, gefangen und beobachtet von einem unbekannten Wesen. Besonders, wenn wie jetzt tiefe Nacht herrscht.

Georg ist ausgegangen, so dass ich meinen Plan ungestört umsetzen kann. Meine Finger zittern, als ich die Zahlen eintippe. Es klingelt. Einmal, dreimal, fünfmal, ...

8

„Naumann?", außer Atem, weil ich, angetrieben durch das Telefonklingeln, die Treppe hochgerannt war, meldete ich mich.

„Spreche ich mit Isa?", fragte eine angenehme tiefe Stimme, Ludwigs Stimme. Wie konnte das sein? „Ich habe Frau Rawe, Birgit, im Theater angerufen und nach deiner Telefonnummer gefragt. Ist das okay für dich?"

„Ja," stammelte ich und mit festerer Stimme fügte ich hinzu: „Natürlich. Warum denn nicht?"

„Schön. Unser Abschied am Samstag war etwas überstürzt. Das wollte ich wieder gut machen." Wiedergutmachung? Der Kuss etwa? Das klang wie ein Versprechen. Ich wurde rot, was er zum Glück nicht sehen konnte.

„Am Mittwoch?", redete er weiter. „Ich hole dich gegen drei ab. Du hast frei, hat Birgit mir erzählt."

„Ich muss nicht ins Theater, aber wer sagt denn, dass ich nicht trotzdem etwas vorhabe."

„Du hast was vor, mit mir. Also bis dahin. Und zieh feste Schuhe an."

Dann legte er auf.

Ich starrte den Hörer in meiner Hand an. War das tatsächlich gerade passiert? Es ging viel zu schnell, um wahr zu sein, aber ein Anruf bei Birgit konnte meine Fragen beantworten. Sie hatte ihm wirklich sämtlich Informationen über mich gegeben, die ihr wichtig erschienen.

Auf meinen Protest hin, warum sie das getan hatte, sagte sie nur ganz salopp, meine letzte Beziehung sei schon zu lange her. Ich bräuchte in meinem Alter endlich wieder einmal guten Sex. Schließlich sei ich noch viel zu jung, um nichts zu tun.

„Du kannst mich mal!", rief ich entrüstet.

Aber sie lachte nur. „Ich nicht, Schätzchen, sondern er."

Voller Zweifel, Nervosität, aber auch Vorfreude tigerte ich durch meine Wohnung, ersehnte den Mittwoch herbei, wollte mich aber auch davor verstecken. Es waren widersprüchliche Gefühle. Ich mochte Ludwig, fühlte mich sogar extrem von ihm angezogen, aber nicht zu wissen, was als nächstes passieren würde, keine Kontrolle darüber zu haben, machte mich wahnsinnig. Und diesmal wusste ich überhaupt nicht, was mich erwartete.

Der Mittwoch Nachmittag kam und ich hatte mich immer noch nicht beruhigt. Während mein Blick minütlich zur Uhr wanderte, lief mein Körper zwischen Kleiderschrank, Fenster und Tür hin und her. Der Frühling hatte in der Woche Einzug gehalten, die Luft war mild, aber ausgerechnet jetzt zogen wieder Wolken am Himmel auf. Praktisch oder sexy anziehen? Bevor ich noch weiter grübeln konnte, klingelte es an der Tür. Ich schnappte mir meine Windjacke, schlüpfte in meine Wanderschuhe und sagte mir, dass sexy auch so sein kann.

„Bereit?" Ludwig hielt mir lächelnd die Autotür auf.

„Ja", gab ich zurück, ließ mich auf den Sitz gleiten, wobei ich seinen Blick in meinem Rücken nur zu deutlich spürte.

„Wie kommt es, dass du heute nicht arbeiten musst?", fragte ich, sobald er neben mir saß.

„Ich habe mir selbst freigegeben", erklärte er. „Aber momentan ist nicht viel los. Ich schau heute Abend wieder vorbei. Du kannst mich gern begleiten, wenn du es so lange mit mir aushältst."

„Nur bei guter Führung", gab ich, überrascht über mich selbst, zurück. „Wohin fahren wir?"

„Überraschung."

„Mag ich nicht."

„Entspann dich." Er schaute zur Seite und fasste nach meiner Hand. „Es wird dir gefallen. Wir sind gleich da."

Ich löste meinen Blick von ihm und schaute aus dem Fenster. Die Umgebung zog an mir vorbei, vereinzelte Häuser, Bäume, noch mehr Bäume. Ein Parkplatz.

„Das ist die Stelle, an der wir uns begegnet sind", staunte ich.

„Ich dachte, wir gehen gemeinsam zu deinem Aussichtspunkt, falls du den Weg diesmal findest. Aber wir starten von deiner altbekannten Stelle. Da wird es leichter für dich." Er grinste mich frech an, und ich grinste zurück.

„Keine Angst. Den Weg finde ich mit geschlossenen Augen."

Die ersten Meter legten wir schweigend zurück. Seitdem ich das letzte Mal hier war, hatte sich viel verändert. Gräser und Farn wuchsen und überdeckten das Laub vom letzten Herbst. Die Bäume wurden wieder grün, strecken sich dem Himmel entgegen und nahmen mir immer mehr den Blick nach oben. Im Sommer würde es wieder schön schattig und kühl hier sein, ideal zum Picknicken, nur gab es hier leider keine Wiesen.

Ludwig bückte sich plötzlich neben mir, streckte seine Hand aus und hielt mir im nächsten Moment eine kleine Blume entgegen, ein Buschwindröschen, wie sie hier überall wuchsen. Aber dieses war ein ganz besonderes, ein bisschen eingerissen im Blütenblatt, aber von ihm.

„Wir sind gleich da", sagte ich, nahm seine Hand und zog ihn wieder auf die Beine. „Da hinter der Biegung ist es."

Und diesmal irrte ich mich nicht. Es war eigentlich nichts besonderes. Eine Holzbank stand auf einer Anhöhe, U-förmig umgeben von einem verrosteten Geländer. Eine der unteren Streben war auch schon lose und nach hinten gebogen. Aber dennoch war ich gerne hier. Es war so schön ruhig, kaum Touristen oder Wanderer störten mich dabei, wenn ich hier saß und ins Tal runterschaute. Das Wasser des Flusses floss mal schnell, mal langsam, je nach Jahreszeit. Mal glitzerte es in der Sonne, mal spiegelten sich die Bäume des Ufers darin.

Ich hatte den Platz zufällig entdeckt, aber seitdem kam ich regelmäßig hierher, meist um runterzufahren, den Stress des Alltags loszuwerden. Birgit geht dazu ins Fitness-Studio, um sich richtig auszupowern. Mich konnte sie dazu nur einmal überreden, was mir aber nur gezeigt hatte, dass die Sauna danach das Schönste ist. Mehr habe ich nicht beibehalten.

Oben angekommen zog ich Ludwig neben mich auf die Bank, seine Hand hielt meine weiterhin fest, als hätte er Angst, ich würde wieder auf Abstand gehen.

„Erzähl mir von deiner Arbeit", forderte er mich auf, nachdem er mich eine Weile betrachtet hatte.

Ich runzelte die Stirn. „Das habe ich doch schon."

„Ja", stimmte er nickend zu, „aber ich verstehe es nicht. Ich sehe dich hier sitzen und du wirkst so sanft, dass der Tod einen viel zu großen Unterschied zu dir darstellt."

„Du meinst, ich sei nicht hart genug dafür? Vielleicht muss ich das auch nicht sein."

Schweigend schaute er mich an. Eine stumme Aufforderung weiterzureden.

„Der Tod erschreckt mich nicht, nur das Sterben kann grausam sein", erklärte ich ihm leise. „Und die Menschen sollten auch nach dem Tod noch geachtet werden. Dazu gehört ein Abschied im Kreise ihrer Lieben."

„Du bist wirklich mit ganzem Herzen dabei, ohne Berührungsängste, oder?"

„Überhaupt keine. Ich kenne es aber auch schon, seit ich ein Kind bin. Ich habe mich früher immer in das Bestattungsinstitut meines Onkels geschlichen und mir die Toten angeschaut. Sie sahen friedlich aus, als ob sie schlafen würden. Leider waren bei einigen Unfallopfern die Wunden nicht zu verbergen, damals jedenfalls. Und da mein Onkel nichts neues mehr lernen möchte, tue ich es und helfe ihm. Den Job als Maskenbildnerin wird es aber nicht ersetzen."

„Vielleicht ist es auch ganz gut, sich wieder unter das atmende Volk zu mischen?"

„Vielleicht bin ich deshalb hier", lächelte ich ihn an.

„Darauf trinke ich." Er öffnete seinen Rucksack, drückte mir zwei Tassen in die Hand und holte eine Thermosflasche heraus. Fragend hob ich die Augenbrauen.

„Nein", lachte Ludwig. „Diesmal kein Glühwein, sondern Tee, nur für dich. Ich weiß mittlerweile, dass du keinen Alkohol magst."

„Mögen schon. Ich habe nur nie verstanden, wie man Unmengen davon trinken kann, ohne zu wissen, wie man darauf reagiert."

„Wie wäre es mit ausprobieren und Spaß haben? So sehen es viele."

„Tja, diese Weisheit blieb mir bis jetzt verborgen. Außerdem habe ich das Gefühl, dass ich auch so Spaß haben kann."

„Du sagst es. Und du wirst mir dabei helfen."

Verständnislos sah ich ihn an. „Und wie?"

„Wirst du schon sehen."

Er erhob sich von der Bank und ich folgte ihm. Erst den bekannten Weg zurück, dann linker Hand in den Wald. Wir liefen bergab, stiegen über Baumstämme, schlängelten uns an Büschen vorbei, während tiefhängende Zweige meine Haare kämmten. Ich blieb immer dicht hinter Ludwig und stieß mit ihm zusammen, als er plötzlich stehen blieb. Er drehte sich um und schlang seine Arme um meine Taille.

„Alles okay?", fragte er leise. Ich rieb mir die Stirn. Er nahm meine Hand weg und küsste die rote Stelle ganz sanft.

„Besser?"

Ich nickte.

„Deine Stimme ist auch weg", neckte er mich und küsste mich auf den Mund. Ich zog ihn an mich und erwiderte seinen Kuss, erst sachte, dann immer heftiger, als wäre ich am Verhungern. Und Ludwig schmeckte so gut.

Irgendwann schob er mich zurück. „Das war nicht der Spaß, von dem ich sprach, aber auch nicht schlecht."

„Kannst du gar nichts ernst nehmen?", fragte ich scherzhaft, aber der Ton meiner Stimme verriet, dass ich gekränkt war über seine lockere Art.

„Doch, Isa, viel sogar. Und ich merke auch, dass dir dieser Kuss viel bedeutet, vielleicht sogar ich. Das respektiere ich, aber ich will mich auch nicht von meinem Plan abbringen lassen. Und du stellst eine sehr große Versuchung dar." Schon wieder war dieses breite Jungengrinsen auf seinem Gesicht. „Komm mit!"

Ich folgte ihm, aber meine Gedanken waren bei seinen Worten. Hatte ich wirklich die Macht, ihn hier und jetzt für mich einzunehmen?

An einem kleinen Bach blieben wir erneut stehen.

„Wir sind am Ziel", verkündete Ludwig.

„Und jetzt?"

„Sag mir was du siehst."

„Wasser. Nasse Steine. Blätter und Zweige, die an ihnen hängen geblieben sind."

„Und sonst? Außer dem Bach?"

„Einen nervenden Mann. Wald, natürlich. Bäume, Sträucher. Alles grün."

„Ja. Hier ist Natur. Und in der Stadt fehlt sie."

„Deshalb heißt sie Stadt. Die Bäume wurden gefällt, damit Häuser Platz hatten."

„Und das ändern wir heute. Wir zwei gegen das Grau der Stadt", rief er aus.

Verwirrt schaute ich ihn an. „Muss ich mir Sorgen machen, mit einem Verrückten unterwegs zu sein?"

„Nein, solange ich dich nicht anstecke." Übermütig legte er einen Arm um meine Schulter und deutete mit dem anderen im Halbkreis um uns herum.

„So sieht mein Plan aus. Hier am Bach wachsen viele Birken, schön auffällig mit ihrem weissen Stamm. Wir graben eine aus und pflanzen sie in der Stadt ein. Wir bringen die Natur zurück. Außerdem", ergänzte er, während er mich eindringlich anschaute, „wirst du dich dann immer an unsere Verabredung erinnern."

„Im Guten oder im Bösen?", neckte ich ihn. Wir lachten uns an und ich fühlte mich glücklich und befreit, wie seit Jahren nicht mehr.

„Aber jetzt mal ganz ernst", setzte ich an. „Warum machst du dir die Mühe zu graben, wo es sie doch bestimmt auch zu kaufen gibt?"

„Das ist der Spaß, von dem ich gesprochen hatte. Wir schaffen das mit eigener Körperkraft."

Ludwig suchte sich einen Baum von fast zwei Meter Höhe aus, holte einen Klappspaten und eine kleine

Schaufel aus seinem Rucksack und fing an zu graben. Ich schaute zu und kicherte in mich hinein.

„Möchtest du mir vielleicht helfen?", fragte er nach einiger Zeit.

Seine Jacke hatte er schon ausgezogen und hockte mit hochgekrempelten Ärmeln auf der Erde, während er versuchte, das Loch zu vergrößern.

Statt einer Antwort bekam er eine Gegenfrage: „Hast du dich vorher erkundigt, wie breit und tief so eine Wurzel ist? Oder wo man sie kürzen darf?"

„Äh, nein. Ich hatte mir das alles leichter vorgestellt. Und lustiger."

„Also ich amüsier mich."

„Auf meine Kosten? Na warte." Ludwig nahm eine Handvoll Erde und warf sie auf mich. Treffsicher landete alles auf meinen Haaren und im Kragen. Verdutzt schaute ich ihn an, dann revanchierte ich mich. Wie kleine Kinder bewarfen wir uns mit Dreck, bis wir nicht mehr zu unterscheiden waren. Blätter und Erde klebten an uns, als wären wir auf einem Kriegszug.

„Jetzt haben wir die perfekte Tarnung für unser nächtliches Unternehmen", erklärte Ludwig. „Und den Baum kriegen wir auch noch aus der Erde."

Nachts um zehn ließ ich mich entspannt in meine Wanne gleiten. Wir hatten es tatsächlich getan. Nachdem ich ihn darüber aufgeklärt hatte, dass Weißbirken eine breite, aber nicht allzu tiefe Wurzel haben, arbeiteten wir schweigend und zügig. Der Boden war zum Glück aufgetaut und matschig durch die letzten warmen Tage und deren Regengüsse.

Jetzt stand unsere Birke in der Sophienstraße, einer kurzen Querstraße, die zwei lange Einkaufspassagen verband. In der Mitte stand eine steinerne Säule, um die drei Bänke gruppiert waren. Der Mülleimer daneben quoll über, und auch die Blumenkästen enthielten nur noch Abfall. Alles sah grau und verwahrlost aus. Ludwig war gut vorbereitet. Er schaufelte einen Kasten leer, schüttete Erde hinein und pflanzte unseren Baum. Sein Auto stand dabei nur ein paar Meter entfernt, so dass wir alles schnell holen konnten.

Zu guter letzt tränkten wir ihn mit unseren Resten vom Wandern und beschlossen ihn regelmäßig zu gießen. Nachts, sonst wäre es mir zu peinlich.

Unser Abschied war nicht so spektakulär wie in irgendwelchen Romanzen, aber dafür versprach er mehr für die Zukunft. Nach einem kurzen, erdigen Kuss brachte Ludwig mich nach Hause, mit dem Worten, dass ich mich bitte melden sollte.

Und das würde ich tun, schließlich fehlte er mir jetzt schon.

9

Nach scheinbar endlosem Warten will ich den Hörer wieder auflegen, als sich doch noch jemand meldet.

Ich höre Ludwigs Stimme und muss dem starken Wunsch widerstehen, etwas zu sagen. Ich lege sofort auf. Zehn Minuten später wähle ich erneut, danach ein drittes Mal. Immer höre ich Ludwig. Gut, denn nun wähle ich Leonors Handynummer.

„Hier bei Keuh." Klar und freundlich klang ihre Stimme in meinem Ohr. Ich schweige innerlich kochend, als ich seinen Namen aus ihrem Mund höre.

„Hallo? Wer ist da?"

Doch ich lege auf. Sie wird behaupten, jemand hätte sich verwählt. Jetzt überlasse ich sie einer hoffentlich unruhigen Nacht.

Sonntag muss ich ins Theater, was praktisch ist, denn während ich den Hauptdarsteller für seinen Auftritt vorbereite, übt er nochmal seinen Text, ohne zu ahnen, dass in meinem Schminkkoffer ein Diktiergerät versteckt ist und alles aufnimmt. Diesmal ist mir meine Arbeit wirklich von Nutzen.

Und das Glück bleibt auf meiner Seite, denn während ich meinen Bereich aufräume, kommt Karl zu mir herüber.

„Hallo. Ich habe dich diese Woche kaum gesehen. Ich hatte schon das Gefühl, du gehts mir aus dem Weg." Er zieht mich in seine Arme und versucht mich zu küssen. Gerade als ich ihn von mir stoßen will, kommt mir ein anderer Gedanke. Warum nicht einfach mitspielen? Vielleicht nützt er mir nochmal. Ich lasse seinen Kuss zu, obwohl es mich diesmal viel Überwindung kostet. Ich war nicht wählerisch in letzter Zeit, aber das ist vorbei. Jetzt gibt es nur noch einen. Und damit ist bestimmt nicht Georg gemeint.

Langsam löse ich mich von ihm. „Nicht so besitzergreifend, schließlich bin ich verheiratet." Demonstrativ halte ich meine Hand samt Ehering hoch.

„Das hat dich am Samstag doch auch nicht gestört." Karl hält mich weiterhin fest umschlungen, seine Hand auf meinem Hintern.

„Da waren wir auch nicht auf Arbeit. Es muss ja nicht jeder erfahren, was zwischen uns war."

„War? Ist, hoffentlich. Wie wäre es, wenn wir unser Verhältnis heute Abend auffrischen? Du fehlst mir. Mein Bett ist so leer ohne dich."

Ich ringe mir ein Lächeln ab, obwohl mich sein Anbiedern anekelt. So wenig Selbstbewusstsein?

„Georg erwartet mich zu Hause. Meinen Pflichten sollte ich doch auch nachkommen, damit er keinen Verdacht schöpft", rede ich mich heraus und küsse ihn auf die Wange. „Ich melde mich bei dir."

Bevor er etwas erwidern kann, packe ich meine Sachen zu Ende und verlasse das Theater, bis ich wieder gebraucht werde. Ich nehme mir vor, mein Versprechen, und Karl mit einer SMS bei Laune, zu halten.

Bevor ich wieder zum Theater zurückkehre, spaziere ich durch die Straßen, bleibe an Schaufenstern stehen und nähere mich so immer mehr dem ‚Egoisst‘, in der Hoffnung Ludwig zu sehen. Und ich habe Glück. Das Restaurant ist zwar voll, aber dennoch kann ich ihn zwischen all den Leuten ausmachen. Und bald kann ich wieder unbefangen zu ihm reingehen. Ich muss nur durchhalten.

Nach getaner Arbeit fahre ich schnell nach Hause mit der Erwartung, Leonor erneut anzurufen. Dass Ludwig gerade arbeitet, hatte ich schließlich schon herausgefunden. Heute geht es nur darum, sie zu quälen. Aber Georg macht mir einen Strich durch die Rechnung.

Er sitzt im Wohnzimmer im Sessel, den er so ausgerichtet hat, dass mein Blick gleich auf ihn fällt, wenn ich vorbeigehe.

„Du bist noch wach?“, frage ich unnützerweise, aber falls ich ihn damit ablenken kann, würde ich sie immer wieder stellen.

Doch Georg schaut mich weiterhin kalt an. „Du weißt, welcher Tag heute ist?“

„Natürlich. Und du weißt auch, dass ich arbeiten musste, oder?“, log ich.

„Nein. Wir hatten besprochen, dass du heute frei nimmst!"

Scheiße. Ich habe keine Ahnung, was heute so wichtig ist. Unser Hochzeitstag ist erst im Januar. Und seinen ehelichten Pflichten, wie Georg es nennt, geht er immer erst am zwanzigsten des Monats nach.

Ich versuche mir, meine Ahnungslosigkeit nicht anmerken zu lassen. Während ich mir im Flur die Schuhe langsam ausziehe, kommt Georg auf mich zu.

„Du hast es vergessen!"

Er baut sich dicht vor mir auf und schaut auf mich herab. Es ist lange her, dass ich ihn von so nah gesehen habe. Wirklich wahrgenommen, meine ich. Seine braunen Haare werden immer dünner, weiße Strähnen ziehen sich durch. Auch seine Schläfen sind schon ergraut. Mittlerweile sieht er aus wie Anfang Fünfzig, was er auch ist, doch als ich ihn kennerlernte, wirkte er zehn Jahre jünger. Temperamentvoller als heute war er auch. Jetzt wirkt er nur noch lebensmüde und gereizt, und sein ganzes Temperament fließt in seine Streitereien, so wie jetzt. Dabei sieht er immer noch gut aus. Und ich kann mir durchaus vorstellen, dass es einige Studentinnen gibt, die ihn gerne in ihr Bett locken wollen. Es würde mich nicht mal stören, wenn ich dann meine Ruhe hätte. Aber anscheinend nimmt er es mit der Treue ganz genau.

„Jannik war heute zu Besuch. Du erinnerst dich

doch an meinen Bruder?!"

„Er wollte doch erst nächste Woche kommen", versuche ich mich herauszureden, denn als Georg Jannik erwähnte, fiel es mir wieder ein.

Sein Bruder, dessen Frau Bianca und deren zwei Kinder leben in Italien und kommen nur selten nach Hause. Und für uns bleiben immer nur ein paar Stunden übrig. So wie heute Nachmittag. Georg hatte mir tatsächlich davon erzählt, es rot im Kalender eingetragen und mir das Versprechen abgenommen, frei zu nehmen.

Er hatte schon immer eine enge Beziehung zu seinem Bruder. Jannik ist Anfang dreißig, also so alt wie ich. Eigentlich könnte Georg unser Vater sein, diese Rolle musste er zum Glück nie bei Jannik übernehmen. Bei mir bin ich mir da nicht so sicher. Jedenfalls ist Georg seine Familie sehr wichtig und er wünscht, dass wir uns immer alle zusammen treffen. Ich hatte auch nie etwas dagegen, bis Jannik und Bianca Eltern wurden. Georg ist fasziniert von diesen zwei Kindern und liegt mir seitdem ständig damit in den Ohren, selbst Vater zu werden. Ich sehe mich nicht als Mutter. Mein Leben aufgeben und ans Haus gefesselt sein? Nur noch Georg im Bett, anstatt eine Auswahl treffen zu können? Vielleicht, wenn Georg sich kümmern würde.

Zum Glück weiß er nicht, wie nah er einmal seinem

Ziel war. Vor knapp zwei Jahren blieb meine Periode aus, und der Schwangerschaftstest bestätigte mir meine schlimmste Vermutung. Unter normalen Umständen hätte ich abgewartet und es Georg irgendwann erzählt. Aber ich wusste, dass es nicht von ihm war. Auch er hätte nachgerechnet und wäre misstrauisch geworden, denn damals, am zwanzigsten Mai, war er in Berlin, um an einer Tagung teilzunehmen, bei der er selbst einen Vortrag halten musste. Er hatte den Sex auch nicht um ein paar Tage verschoben, sonst hätte ich das Kind als seines ausgeben können.

Ich informierte mich also über Schwangerschaftsabbrüche, trank dabei zuviel Alkohol und setzte somit selbst dem ungeborenen Leben ein Ende. Seitdem passe ich immer gut auf.

Georg funkelt mich weiter verärgert an. „Heute waren sie da. Und sie haben nach dir gefragt. Ich habe dich natürlich verteidigt. Das Theater könne dich nicht entbehren, deine Kollegin sei krank. Aber ich hasse es, meine Familie anzulügen. Schon wieder! Vielleicht bringst du es demnächst fertig, dich zusammenzureißen und meine Frau zu spielen, wie du es versprochen hast."

Er kommt näher an mich heran. Ich weiche zurück, bis ich die Wand im Rücken spüre, aber Georg folgt mir.

„Vielleicht schaffst du es auch Mutter zu sein", flüstert er mir drohend ins Ohr und hält dabei meine Packung Antibabypillen hoch. „Ich lasse mich nicht von dir hereinlegen. Dieses Zeug verschwindet ab sofort, und ich rate dir, mich nicht zu hintergehen."

„Wo hast du die her?", wütend greife ich danach.

„Aus deiner Handtasche. Wo hast du die anderen versteckt? Und sag jetzt nicht, dass wäre alles."

„Es geht dich nichts an. Das sage ich dir. Du weißt genau, dass ich mit Kindern nichts anfangen kann. Also lass mich damit in Ruhe. Oder schadet das deinen Ruf in deiner Familie?" Ich versuche mich an ihm vorbeizuschieben, aber er hält mich weiterhin fest.

„Ich liebe dich immer noch, Isa. Egal wie launisch und abweisend du bist. Und ich werde dich nicht gehen lasen, bis du mir versprochen hast, die Pille abzusetzen. Sobald du schwanger bist, lasse ich dir wieder deine Freiheiten, eingeschränkt natürlich. Dein Alkoholkonsum ist schließlich ungesund für das Kind."

„Das ist Erpressung!", fauche ich ihn an.

„Es ist ein Abkommen, von dem wir beide etwas haben."

‚Ich bestimmt nicht', denke ich, wage aber nicht es laut auszusprechen.

Ich überlege, wie ich aus der Sache herauskomme und nicke schließlich. „Ein halbes Jahr. Wenn ich dann nicht schwanger bin, lässt du mich in Ruhe!"

Mit einer Kopfbewegung zu seiner Hand sage ich: „Die zweite Packung ist im Medizinschrank. Anscheinend zu offensichtlich, um dort zu suchen."

Arrogant schaue ich zu ihm hoch. Wo die dritte versteckt ist, behalte ich für mich. Ich denke nicht daran, mich an seine Regeln zu halten. Georg tritt zurück. Ich schiebe mich an ihm vorbei und will weggehen. Doch er umschließt mich von hinten mit einem Arm und schiebt mich Richtung Schlafzimmer.

„Wenn du mir nur ein halbes Jahr Zeit gibst, sollten wir heute schon anfangen."

Ich öffne die Augen. Alles ist dunkel um mich herum, die Vorhänge sind zugezogen, die Nachttischlampe ausgeschalten. Das muss Georg gemacht haben. Bin ich etwa eingeschlafen nach dem Sex? Ich drehe mich auf die Seite und sehe Georgs Umrisse neben mir. Er atmet ganz ruhig im Schlaf. Sein Arm ist ausgestreckt, sodass seine Hand mich leicht berührt.

Ich schalte das Licht ein, dimme es ganz herunter, um Georg nicht zu wecken. Es ist drei Uhr nachts. Ich schlüpfe aus dem Bett, streife mir mein Top über und verlasse das Zimmer. An der Tür drehe ich mich nochmal um. Georg sieht friedlich aus im Schlaf. Keine verärgerten Gesichtszüge; keine Stirn, die sich in Falten legt. Eine kleine Narbe zerteilt seine linke Augenbraue, seit er sich als Kind an der Tischkarte gestoßen hatte. Er hatte schon immer charmant auf mich gewirkt, aber ich habe ihn nie geliebt. Manchmal tut es mir sogar leid, dass er kein besseres Leben führen kann mit einer Frau, die ihn nicht betrügt. Es gab sogar Tage, an denen ich mich bessern wollte. Ich verbrachte meine Abende zu Hause mit ihm, aber nach nur zwei Wochen wurde ich rückfällig und zog durch die Bars, auf der Suche nach dem totalen Gegenteil von Georg. Vielleicht hätte ich ihn schon vor Jahren verlassen sollen.

Aber heute verspüre ich kein Mitleid mit ihm. Nicht nachdem er sich so brutal in mein Leben eingemischt hat.

Ich hole mir das Telefon aus dem Flur und schließe mich damit im Badezimmer ein. Ludwigs Nummer kann ich mittlerweile auswendig, aber mein Ziel ist sie. Nur einmal Leonor aus dem Schlaf reisen, mehr habe ich heute Nacht nicht vor. Schritt zwei startet erst morgen.

Es klingelt lange bis jemand abhebt.

„Hallo?", höre ich seine verschlafene Stimme, rau und kratzig von der langen Schicht im ‚Ego-isst'.

Ich ziehe hörbar die Luft ein, als ich seinen Klang wahrnehme. Ich hatte nicht damit gerechnet, dass er rangeht. Und jetzt fühlt es sich so an, als würde er direkt neben mir stehen. Ich bekomme Gänsehaut am ganzen Körper, mein Herz schlägt schneller, und ich muss mich beherrschen, um nicht los zu schluchzen, wie sehr er mir fehlt.

„Wer ist da!", schreit er wütend in mein Ohr. Ich lege auf. So will ich ihn nicht hören. Mein sanfter, witziger Ludwig klang nie so grausam. Er hatte mich nie angeschrien.

Nachdenklich sitze ich auf dem Boden, den Rücken an die Badewanne gelehnt, als ich im Flur Schritte höre. Ich zucke zusammen. Georg ist wach. Zurück in meinem Leben kann ich wieder klar denken. Ich verstecke das Telefon, ziehe zur Tarnung die Spülung und verlasse den Raum. Doch von Georg ist nichts mehr zu sehen, auch das Bett ist leer. Garantiert ist er wieder in sein Arbeitszimmer gegangen.

Das war knapp. Ich sollte mir eine andere Möglichkeit suchen, um meine Anrufe zu tätigen. Karl! Ich hole mein Handy und tippe grinsend eine SMS an ihn: ‚Kann nicht schlafen. Muss dauernd an dich denken.' Als Lüge kann man es nicht bezeichnen, auch wenn er es anders auslegen wird als ich, aber vielleicht sorgt diese Nachricht dafür, dass Karl mir hilft.

Zufrieden mit mir selbst und Ludwig in meiner Fantasie schlafe ich ein.

Wie erwartet antwortet Karl prompt auf meine Nachricht, aber ich bin noch nicht bereit, zu ihm zu fahren. Die nächsten Tag feile ich an meinem Plan, bis ich ihn für perfekt halte. Erst dann beschließe ich, die Nacht bei Karl zu verbringen. Schließlich musste er schon lange genug auf mich warten. Georg erzähle ich, dass ich nach der Nachmittagsvorstellung noch mit Birgit ausgehen werde und danach gleich bei ihr schlafen kann. Da ich Freitag früh sowieso ins Beerdigungsinstitut muss, ist es sogar ganz praktisch, da Birgit im Zentrum wohnt, und je eher ich bei meinem Onkel bin, desto eher kann ich Feierabend machen.

Ein weiterer Grund für diese Ausrede ist Georg selbst, denn seit Sonntag Nacht kommt er jeden Abend in mein Bett. Es ist anstrengend. Er ist zwar kein schlechter Liebhaber, aber das Verlangen nach ihm ist schon seit langem erloschen. Vielleicht ist es sogar ganz gut, dass ich mich heute Nacht mit Karl ablenke. Aber nur wenn er mir weiterhilft.

Georg steht mir gegenüber. Ich hoffe, dass er meine Erklärung bedenkenlos schluckt. Er sieht mich lange schweigend an mit einem Blick, der meine Gedanken lesen kann. Doch ich erwidere ihn. Er hat keinen Grund mir zu misstrauen, schließlich war ich immer vorsichtig gewesen.

„Dann wünsche ich dir natürlich einen schönen Abend mit Birgit."

Er zieht mich an sich und küsst mich heftig. Seine Hand hält mich derb im Genick fest. Der Druck wird immer stärker. Ich versuche mir nichts anmerken zu lassen, aber ich bekomme Angst vor ihm. Was ist nur in letzter Zeit los? Er war doch sonst immer so sanft, so gutgläubig?

Ich drehe den Kopf weg. „Lass mich los. Ich komme sonst zu spät."

„Zu Birgit? Wohl kaum. Aber geh und grüß sie von mir."

„Zur Arbeit!", gebe ich zurück.

„Wie auch immer." Schulterzuckend wendet er sich ab. Ich stehe verwirrt da und schaue ihm nach. Hoffentlich beruhigt er sich bis morgen.

Bei Karl angekommen, versuche ich mich erstmal zu entspannen, bevor ich meinem Ziel, Ludwig zurückzuerobern, näher komme. Karl begrüßt mich stürmisch mit zig Küssen, hält sich ansonsten aber zurück. Anscheinend hat er großes geplant. Er führt mich in die Küche, drückt mir ein Glas Wein in die Hand und fährt fort, den Teig für die Pizza zu kneten. Ich schaue mich in der Zwischenzeit um. Hier sieht es ganz anders aus als bei mir zu Hause. Es ist sehr eng hier drin, kein Tisch, kein Stuhl, aber dennoch wirkt es warm und gemütlich durch das dunkle Braun der wenigen Schränke. Die Wände sind in hellem Gelb gestrichen, das sich momentan orange färbt vom Licht der untergehenden Sonne.

Ich setzte mich auf das breite Fensterbrett und genieße die Wärme der letzten Strahlen. Dabei beobachte ich Karl, wie er anfängt Kerzen aufzustellen, wobei ich mich frage, wo dafür Platz sein soll. Alle Flächen sind vollgestellt mit Gewürzen, Kräutern und Ölflaschen. Die Arbeitsplatte quillt über von Teig und Gemüse, Schüsseln und Brettern, alles mit einer feinen Mehlschicht überzogen, sogar seine schwarzen Haare haben davon etwas abbekommen. Ich finde es niedlich, wie er sich Mühe gibt, und muss ihn dann doch noch bewundern, dass er sich in diesem Chaos zurechtfindet.

Unter dem Vorwand, auf Toilette zu müssen, verlasse ich die Küche und gehe Richtung Bad, wobei ich Ausschau nach dem Telefon halte. Und ich habe Glück. Als ich am Wohnzimmer vorbei gehe, sehe ich es direkt neben der Tür auf dem Esstisch liegen. Ich greife es mir und tippe Ludwigs Nummer ein. Dann laufe ich schnell zurück zu Karl in der Hoffnung, dass sich niemand jetzt schon meldet. Dennoch halte ich die Sprechmuschel zu, während ich Karl anspreche.

„Karl? Für dich. Es hat geklingelt, da bin ich einfach rangegangen."

„Wer ist es?"

Ich zucke mit den Schultern.

Gelassen wischt sich Karl die Hände sauber und nimmt mir den Hörer ab. Ich höre schon Ludwigs Stimme. Karl zum Glück nicht. Als er das Telefon am Ohr hat, ist wieder Ruhe. Auch Karl sagt nichts, runzelt nur fragend die Stirn und öffnet den Mund. Mein

Einsatz. Bevor er etwas sagen kann, bin ich bei ihm, um ihn abzulenken. Ich küsse seinen Hals, knabbere an seinem Ohrläppchen. Meine Hand gleitet dabei immer tiefer. Ich streichle über seine Brust und verstärke den Druck immer mehr, bis ich an seinem Schritt bin. Karl hält erst den Atem an und fängt dann an, leise zu stören. Zu leise für meinen Geschmack. Schließlich soll Ludwig es hören. Schnell öffne ich Karls Hose, knie mich hin und umschließe ihn mit meinem Mund. Er reagiert wie erwartet laut und lustvoll.

„Ich liebe dich", entfährt es ihm heiser.

Perfekt. Während ich fortfahre, nehme ich ihm das Telefon aus der Hand und schalte es aus, höre jedoch noch einmal Ludwigs Stimme, der irgendetwas brüllt. Ich schließe die Augen und denke an ihn, bis Karl endlich kommt.

„Was war das?" Schwer atmend lehnt sich Karl an die Arbeitsfläche und lächelt mich an.

„Ein kleiner Vorgeschmack auf heute Nacht. Ich konnte nicht mehr warten", lüge ich ihn an. Den Anruf hat er anscheinend schon vergessen. Ich trinke einen großen Schluck Wein, um seinen Geschmack loszuwerden und küsse ihn dann.

Wenig später sitzen wir auf seinem Balkon, die Füße auf dem Geländer, die leeren Teller auf dem Boden. Ich bin aufgekratzt, weil mein Plan so gut funktioniert hat. Und während Karl mich immer wieder von der Seite anlächelt und streichelt, nehme ich ihn kaum war. Meine Gedanken schweifen ab, und nur am Rande überlege ich, dass Karl mir eigentlich leid tun müsste, aber es ist ja nicht so, dass er nicht auf seine Kosten kommen würde. Ich hoffe nur, der nächste Akt geht schnell vorbei, so dass Karl tief und fest schläft, wenn ich den letzten Hieb für heute austeile.

Ich habe natürlich Recht. Wie ausgehungert fällt Karl im Bett über mich her, aber eine halbe Stunde später schläft er bereits. Ich rutsche unter ihm hervor, innerlich fluchend, warum der Kerl sich nicht mehr die Zeit genommen hat, etwas mehr Platz zwischen uns zu bringen. Jedenfalls muss ich mir keine Sorgen machen, dass er aufwacht, egal wie laut ich bin.

Trotzdem gehe ich mit dem Telefon lieber ins Wohnzimmer und schließe die Tür. Ich überprüfe noch mal mein Diktiergerät und wähle Ludwigs Nummer. Hoffentlich habe ich es noch nicht zu weit getrieben. Was ist, wenn er nicht rangeht? Aber meine Bedenken sind unnötig, obwohl seine Stimme misstrauisch klingt, als er sich meldet.

„Keuh!"

Ich drücke auf den Abspielknopf und schon ertönt Karls Stimme: „Du fehlst mir. Mein Bett ist so leer ohne dich."

„Hören sie sofort auf mit diesem Scheiß, sonst..."

„Schatz?", höre ich eine verschlafene Stimme, aus

dem Hintergrund. Leonor! „Leg auf und komm wieder ins Bett."

Sofort ist die Leitung unterbrochen. In ihr Bett soll er kommen? ‚Nicht mehr lange, du Schlampe', denke ich und knalle den Hörer aufs Sofa, nur um ihn im nächsten Moment wieder hochzunehmen. Sie hätte die Klappe halten sollen. So spielt sie mir nur in die Hände.

Karl hat zum Glück eine der neueren Modelle, bei denen auch SMS schreiben kein Problem ist. Und wie ich Ludwig kenne, sieht es da genauso aus. Schnell tippe ich die Nachricht ein und drücke auf senden: ‚Wer sind Sie? Wo ist Leonor?!!' Danach lösche ich sie wieder. Jetzt kann ich nur noch darauf vertrauen, dass Ludwig die richtigen Schlüsse zieht.

Seine Reaktion folgt am nächsten Morgen, aber nicht so wie ich erhofft hatte. Ich habe gerade wieder Abstand zwischen Karl und mich gebracht und möchte endlich die Wohnung verlassen, als das Telefon klingelt.

Ich schaue zu, wie Karl sich meldet und dann überrascht mit offenem Mund da steht. Eine laute Stimme ist zu hören. Dann beginnt auch Karl laut zu werden und wütend.

„Stop! Hören Sie auf, mich anzuschreien. Ich weiß überhaupt nicht, was Sie von mir wollen! Ich habe

Sie gestern nicht angerufen! Ich kenne Sie überhaupt nicht!" Stille.

„Warum sollte ich das tun?!" Wieder Stille.

„Was soll ich? Sie Schwein. Rufen Sie nie wieder hier an oder ich zeige Sie wegen Belästigung an!" Karl legt, ohne eine Antwort abzuwarten, auf, schleudert das Telefon von sich und verlässt Haare raufend das Zimmer, nur um kurz darauf wiederzukommen. So kenne ich ihn gar nicht. Warum kann er im Bett nicht so temperamentvoll sein?

Er funkelt mich an. „Weißt du, was ich glaube? Dieser Kerl gerade eben, hat uns gestern schon mal gestört." Ich schaue ihn verwirrt an. „Wie?"

„Der Anruf gestern. Als du mir das Telefon gebracht hast."

„War das nicht ein Bekannter von dir?", spiele ich meine Rolle weiter. Ich dachte, er hätte das durch den Sex längst vergessen.

„Das kann ich herausfinden. Wo ist das beschissene Teil nur?" Er drückt ein paar Tasten und lächelt dabei triumphierend. „Okay. Hier ist die Nummer von gerade eben. Jetzt nur noch die von gestern suchen."

Scheiße, daran hatte ich gar nicht gedacht. Blöde Anruferkennung! Warum musste Ludwig sich auch melden? Ich versuche Karl abzulenken.

„Lass gut sein, Liebling. Es war doch bestimmt nicht

so wichtig." Ich bedecke den Hörer mit meiner Hand und lächle ihn an.

„Dieses Arschloch hat mir unterstellt, ich würde seine Frau belästigen." Etwas sanfter fügt er hinzu: „Dabei habe ich doch dich", und küsst mich.

„Das war bestimmt alles nur ein Irrtum", versuche ich ihn milder zu stimmen.

„Kann sein. Aber wenn er sich wieder meldet, zeige ich ihn an!"

Lieber nicht, aber ich werde schon dafür sorgen, dass Ludwig beschäftigt ist.

In Naumanns Bestattungsinstitut begrüßt mich eine herrliche Ruhe, die mich aufatmen lässt. Sobald ich die Tür hinter mir schließe, habe ich endlich das Gefühl, wieder ich selbst zu sein. Meine Probleme mit Georg und Karl bleiben draußen, auch meine Sehnsucht nach Ludwig ist hier drin viel kleiner. Ich schließe die Augen, atme tief ein und aus und lasse mich innerlich fallen. Nichts kann mich jetzt stören. Selbst als ich angesprochen werde, zucke ich nicht zusammen. Die Stimme ist mir vertraut und wirkt beruhigend auf mich mit seinem tiefen Klang, so dass ich mich endlich zu Hause fühle.

„So entspannt sehe ich dich gern, meine kleine Isa."

„Onkel Arno." Ich umarme ihn herzlich. „Schön dich zu sehen, aber du siehst müde aus."

„Ja. Die Woche war viel zu tun."

„Aber nichts für mich?"

„Sei froh. Ich sehe mein kleines Mädchen nicht gerne neben solchen verstümmelten Leichen."

„Ach... Du weißt, dass es mich nicht stört. Außerdem arbeiten wir doch zusammen."

„Und das könnten wir immer, wenn du mein Institut übernehmen würdest."

„Ich denke darüber nach."

„Das sagst du immer, aber wir beide wissen, dass du es nicht tun wirst."

‚Nein', denke ich, ‚das werde ich nicht tun. Denn mir gefällt nur die Arbeit in der Abgeschiedenheit. Aber Trauerhilfe, Mitgefühl bei Menschen, die ich nicht kenne? Nein, das würde ich nie schaffen. Und ohne Umschulung könnte ich Arnos Unternehmen auch nicht weiterführen.

„Was ist es heute?", frage ich ihn, während wir die Eingangshalle durchqueren.

„Zertrümmertes Schläfenbein. Gerade mal sechzehn Jahre alt."

„Weißt du, wie es passiert ist?"

„Ja. Er war mit seinen Freunden in der alten verfallenen Ruine, das Marienkloster. Er ist von der Mauer abgerutscht und auf einen Stein gefallen."

„Das kommt mir bekannt vor. Es stand in der Zeitung, oder? Er war sofort tot."

Arno nickt. Wir laufen den Gang entlang an mehreren Türen vorbei bis wir den Vorbereitungsraum betreten. Schweigend ziehen wir uns um und beginnen mit unserer Arbeit.

Es gibt Augenblicke hier im Institut, in denen ich zögere den Raum zu betreten, weil mich die Angst beschleicht, ich könnte den Toten kennen. Es könnte einer der vielen Männer sein, die mir in den letzten Jahren die Zeit verkürzt haben. Auch wenn sie mir nie etwas bedeutet haben, möchte ich sie nicht hier liegen sehen wollen.

Bei diesem aber brauche ich mir keine Gedanken zu machen. Er ist schließlich noch ein Kind. War! Was mir seht leid tut. Durch einen falschen Schritt wurde sein Leben beendet. Er hat nicht mehr die Möglichkeit etwas zu ändern. Ich schon, und zwar bevor es zu spät ist.

Als ich am frühen Abend das Institut verlasse, piepst mein Handy. Nachricht von Georg: ‚Essen mit Sibylle und Ralf. Treffen uns in einer Stunde vorm ‚Ego-isst'!'

‚Ego-isst'? Ich weiß nicht, ob ich mich freuen oder schreien soll. Ich kann doch nicht mit Georg dort auftauchen. Was wird Ludwig sagen?

Ich lasse mir Zeit, um mich erstmal zu sammeln. Auch die Parkplatzsuche dauert lange. Freitagabend ist es immer Glückssache, deshalb komme ich zehn Minuten später zum Treffpunkt. Georg und seine Freunde sitzen schon drin. Typisch Georg! Es ist ein warmer Sommerabend, eine leichte Brise weht und er sitzt in diesem muffigen Raum in der hintersten Ecke.

Ich streiche mein rot-weißes Kleid glatt und betrete das Restaurant. Mein Blick ist auf Georg gerichtet, ein hoffentlich freudiges Lächeln in meinem Gesicht gehe ich zu ihm, aber gleichzeitig suche ich den Raum nach Ludwig ab. Und entdecke ihn hinter der Bar. Ich versuche ihn zu ignorieren und gehe weiter.

„Hallo Liebling." Georg erhebt sich, um mich zu küssen. Ich erwidere den Kuss und begrüße dann Sybille und Ralf freundlich.

Georg und Ralf kennen sich seit dem Medizinstudium. Und genauso lang ist Ralf auch schon mit seiner Frau zusammen. Ich glaube sogar, dass sie nächste Woche ihre silberne Hochzeit feiern. Georg erwähnte es einmal. Die zwei sind ganz liebe Menschen, aber ich fühle mich immer viel zu jung in ihrer Gegenwart und ausgeschlossen, besonders wenn sie von ihrer gemeinsamen Zeit mit Georg anfangen.

Kaum das ich sitze, kommt schon der Kellner. Georg bestellt ohne aufzuschauen für uns beide. Zum Glück. Sonst hätte er vielleicht meinen Gesichtsausdruck bemerkt, als ich sehe, dass Ludwig neben mir steht.

Ich versuche, gleichgültig zu wirken, aber ich bin nervös und mir wird heiß und kalt gleichzeitig. Ich nicke ihm zur Begrüßung zu, und er tut es mir gleich, nur sein Blick verweilt lange auf mir. Seine grauen Augen bohren sich in meine blauen. Sonst gibt er nicht zu erkennen, was in ihm vorgeht oder dass wir je zusammen waren. Ein paar Mal geht es so. Immer wieder kommt er an unseren Tisch. Und ich erwische mich dabei, wie ich den Raum beständig nach ihm absuche, wenn er fort ist, und dabei kaum noch den Gesprächen an unserem Tisch folge.

Dann erscheint plötzlich ein anderer Kellner bei uns. Ich sehe Ludwig nicht mehr, fühle mich aber unentwegt beobachtet. Auch als wir das Restaurant verlassen, spüre ich es deutlich. Wir verabschieden unsere Freunde und gehen dann selbst getrennte Wege, da Georg mit seinem eigenen Auto gekommen ist. Während er zum Parkhaus geht, schlage ich die entgegengesetzte Richtung zur Fiedlerstraße ein. Jedoch halte ich abrupt an, als ich merke, dass ich meine Tasche im ‚Ego-isst‘ vergessen habe.

Dort angekommen, eilt mir schon ein Keller entgegen, um sie mir auszuhändigen. Wir kennen uns noch von meiner Zeit mit Ludwig. Schließlich waren wir oft hier gewesen. Während wir uns unterhalten, erkundige ich mich nebenbei nach allen, die ich hier noch kenne. Natürlich um etwas über Ludwig zu hören. Und bin geschockt bei der Auskunft, er sei schon vor über einer Stunde gegangen.

Das kann doch nicht sein. Ich habe es doch überdeutlich gespürt, dass er mich angeschaut hat. Dass er mich immer noch begehrt. Da muss ein Irrtum vorliegen. Während ich darüber nachdenke, merke ich gar nicht, wohin ich laufe, bis ich schließlich neben einer Bank stehe und auf einen Baumstumpf schaue. Unsere Birke. Nachdem wir sie gepflanzt hatten, war ich regelmäßig da. Manchmal mit Wasser, manchmal um sie wieder gerade zu rücken, einmal sogar mit frischer Erde. Nach unserer Trennung nie wieder. Bis heute. Sie hat nicht überlebt. Es macht mich traurig, sie so zu sehen. Ich drehe mich um und laufe langsam zurück.

„Isa?"

Ich wirble herum und stehe Ludwig gegenüber. Ich lasse mir meine Überraschung nicht anmerken, obwohl ich innerlich zittere. Es ist schön, ihm so nah zu sein. Ich hebe leicht meinen Kopf und schaue ihn gelangweilt an.

„Hallo. Hatte ich dich vorhin nicht im ‚Ego-isst' gesehen?", tue ich unsere Begegnung von vor ein paar Stunden leichtfertig ab. Doch während ich versuche abweisend zu wirken, schaue ich ihn mir genau an. Ludwig wirkt ehrlich überrascht, mich hier anzutreffen, aber auch erfreut, denn ein Lächeln schleicht sich auf seine Lippen.

„Ich habe schon Feierabend und wollte die Nacht nutzen für einen kurzen Spaziergang."

„Da gibts aber schönere Gegenden als diese graue Ecke. Hier wächst nichts." Ich nicke in Richtung des toten Baums.

„Was machst du dann hier?" Er kommt ein paar Schritte auf mich zu. Sein Blick mustert mich langsam von unten nach oben und bleibt in meinem Gesicht hängen. Ich merke, wie mein Körper sich anspannt. Ich bin nervös und erregt. Das seine Nähe immer noch so intensiv auf mich wirkt, nimmt mir fast den Atem.

Ich gebe mir Mühe, meine Fassade aufrechtzuerhalten und erwidere trotzig: „Ich glaube nicht, dass ich dir Rechenschaft darüber ablegen muss, wohin ich gehe."

Beschwichtigend hebt Ludwig beide Hände - eine Geste, die ich schon häufig bei ihm gesehen habe -, um sie dann kopfschüttelnd wieder fallenzulassen.

„Warum so aggressiv? Ich wundere mich nur, dich hier allein anzutreffen. Ohne deine Begleitung. Der Grauhaarige gehört doch zu dir. Oder sollte ich lieber sagen du zu ihm? So wie er dich behandelt hat, als wärst du ..."

„Stop!", fahre ich ihn an. „Es geht dich nichts an. Nicht mehr."

„Isa ..."

„Nein. Es ist vorbei." Ich drehe mich um und gehe davon. Hinter mir höre ich seine Stimme: „Auch wenn es vorbei ist, es macht mir Sorgen, dich so zu sehen. Das bist nicht du!"

Ich laufe ungerührt und gleichmäßig weiter, doch mein Körper vibriert vor Aufregung.

‚Ich bin ihm wichtig. Er macht sich Sorgen. Er liebt mich noch immer. Dann kann der nächste große Schritt jetzt folgen.'

Beschwingt fahre ich nach Hause. Und berauscht von diesem Treffen, plus dem Alkohol des Abends, lasse ich es zu, dass Georg wieder mit mir schläft.

10

Da ich versprochen hatte, mich zu melden, schnappte ich mir bereits am nächsten Morgen mein Handy. Und legte es wieder weg.

‚Wenn ich ihm sofort schreibe, stärkt das nur sein Ego', dachte ich. ‚Andererseits ...'

Ich nahm mein Handy wieder auf, tippte schnell ‚Guten Morgen' und schickte die Nachricht ab, bevor ich es mir anders überlegen konnte. Außerdem waren es nur zwei Worte. Ich hatte mein Versprechen gehalten. Die weitere Initiative durfte wieder von ihm ausgehen.

Im Theater ging es ruhig zu. Die Proben liefen.Ein paar Patzer der Premiere sollten noch behoben werden. Ich war nur da, um meinen Bestand zu kontrollieren. Birgit ließ sich ab und zu blicken, hielt sich aber den ganzen Tag mit neugierigen Fragen zurück, obwohl sie mich immer wieder wissend anschaute. Ich versuchte, mir nichts anmerken zu lassen, obwohl ich ständig mein Handy zückte in der Hoffnung auf eine Antwort.

Gegen Mittag erschienen dann seine Worte im Display: ‚Hallo auch.'

Na super, anscheinend erwartete er mehr Tatkraft, aber etwas könnte er mir auch entgegen kommen. Tja, kurz fassen konnte ich mich auch.

Ich antwortete: - Wie gehts?

- Muskelkater.

- Da kann ich nichts machen.

- Mich bedauern?

- Armer schwarzer Kater.

- Reicht nicht.

- ?

- Abendessen?

- Gegen Muskelkater?

- Da muss ich mich nicht bewegen. Und deine Gesellschaft hilft bestimmt.

- Ist einen Versuch wert.

- So spontan heute? Ich fehl' dir wohl?

- Übertreib es nicht! Hab nur Hunger.

- Klappt aber erst Sonntag.

- Okay. Wo?

- Überraschung! Ich hol dich gegen sieben ab.

Die nächsten drei Tage waren schrecklich und zäh. Um die Zeit zu überstehen, weihte ich schließlich doch Birgit ein, und sie freute sich genauso darüber wie ich. Sie wollte mich sogar zum Shoppen schleppen, bis ich ihr deutlich klar machte, dass ich garantiert was passendes im Schrank hatte. Jeans und Top reichten in meinen Augen völlig, noch meine Lieblingsbluse darüber, fertig. Da diese durchsichtig war, entschied ich mich für ein rotes Top, der einzige Farbklecks des ganzen Outfits.

Ludwig erschien pünktlich. Ich hätte auch nicht länger warten können. Eine halbe Stunde vorher lief ich nur noch nervös durch meine Wohnung. Leider legte sich dieses Gefühl nicht, als ich ihn sah, sondern verstärkte sich in dem Sinne, dass ich kaum ein Wort herausbrachte. Er sah umwerfend aus in schwarzer Jeans und blaugrauem Hemd. Seinen dunklen Wollmantel trug er offen, sodass Ludwig locker und entspannt auf mich wirkte.

Er schien meine Stimmung zu spüren. Wie selbstverständlich zog er mich in seine Arme und küsste mich zur Begrüßung. Ich schloss die Augen und erwiderte seinen Kuss. Für den Moment ließ meine Anspannung nach. Ich genoss seine Nähe, bis er mich sachte von sich schob.

„Besser?"

„Nicht ganz."

„Du wirst den Abend genießen. Vertrau mir."

„Wohin gehen wir?"

„Ins ‚Sinnflut'. Kennst du es?"

„Ich habe davon gehört."

„Gut. Ich war auch noch nie drin. Dann wird es für uns beide das erste Mal." Lachend zog er mich mit sich zu einem Auto, was ich nicht kannte.

„Wo ist der Smart?"

„Zurückgegeben. Leonor hatte ihn vor ein paar Wochen meiner Schwester geliehen. Die beiden verstanden sich schon immer gut. Dann brauchte ich ihn, wie du weißt, und jetzt hat sie ihn wieder. Die Spuren unserer nächtlichen Aktion habe ich glücklicherweise beseitigt. So verdreckt hätte ich ihn nicht abgeben können."

„Leonor?"

„Die Frau, von der ich dir erzählt habe."

„Ihr habt also noch Kontakt?"

„Selten. Sie meldet sich, wenn sie in der Stadt ist. Ich lehne aber meist ab, sie zu treffen. Es ist besser, getrennte Wege zu gehen."

„Das klingt eher so, als würdest du ihr aus dem Weg gehen, weil dir noch etwas an ihr liegt."

„Eifersüchtig?"

„Ich will nur klare Verhältnisse schaffen."

„Warum?"

Ich schaute nach vorn und suchte nach den richtigen Worten, ehrlich aber nicht zu direkt. Doch bevor ich antworten konnte, hielt Ludwig an.

„Erzählst du es mir dann? Wir sind da."

Hand in Hand gingen wir auf das Gebäude zu. Es war ein Altbau, dreigeschossig, eingeengt zwischen anderen Häusern. Die Fenster waren schwarz, kein Licht war zu sehen. Den Grund kannte ich. Ludwig hielt mir die Tür auf und wir betraten den Vorraum, der nicht größer als zwei mal zwei Meter war. Ein Empfangstisch stand gleich gegenüber der Tür, dahinter eine schwarz gekleidete Frau. Sie begrüßte uns freundlich.

„Ich hatte reserviert. Auf Keuh", sagte Ludwig.

„Herzlich Willkommen im ‚Sinnflut'. Sie haben sich heute für ein Dinner im Dunkeln entschieden. Folgen Sie mir bitte."

Wir gingen links durch einen dicken Samtvorhang zur Bar. Vereinzelt brannten Kerzen und tauchten den Raum in warmes Licht. Die Frau führte uns zur Theke und schenkte uns ein Glas Sekt zur Begrüßung ein.

Langsam gewöhnten sich meine Augen an das Halbdunkel, sodass ich nun auch die Speisekarte lesen konnte, die sie uns hinhielt.

Mit ihrer ruhigen Stimme sagte sie: „Wenn Sie jetzt bitte zwischen diesen zwei Menüs wählen würden, kann Ihr Kellner Sie an Ihren Platz bringen. Auch für alle Fragen und Hilfestellungen wird er Ihnen zur Seite stehen. Ich wünsche Ihnen einen schönen Abend."

Unser Kellner stellte sich als Daniel vor. Da er von Geburt an blind war, bereitete es ihm keinerlei Probleme, uns durch eine Zwischentür in den Hauptraum an unseren Tisch zu führen. Langsam folgten wir ihm. Meine Hand lag in Ludwigs, sodass ich ihn nicht verlieren konnte. Der Weg war zum Glück kurz. Unter meinen Füßen spürte ich weichen Teppich, der meine Schritte dämpfte. Sonst umfing mich nur Schwärze und drückte meinen Brustkorb zusammen.

Auch als wir endlich saßen, krallte ich mich noch an Ludwig fest. Ganz sachte legte er seine andere Hand darauf und streichelte sanft meinen Handrücken. Kleine Kreise entstanden unter seinem Daumen. Ich versuchte, mich darauf zu konzentrieren und langsam löste sich die Anspannung.

„Atmen, Isa", raunte Ludwig mir ins Ohr.

Erst jetzt merkte ich, dass ich die ganze Zeit die Luft angehalten hatte. Ich atmete aus, wieder ein, aus. Vorsichtig, im gleichen Rhythmus. Und jedes Mal hatte ich dabei einen leichten Geruch in der Nase. Ich machte weiter, versuchte ihn einzuordnen.

„Freesien. Hier riecht es nach Freesien", sagte ich überrascht.

„Kann sein. Es riecht süßlich", vernehme ich Ludwigs Stimme neben mir. „Außerdem nach Curry, aber nur ganz schwach. Wie geht es dir? Ich hatte vorhin das Gefühl, als würdest du panisch werden."

„Ich war nahe dran. Vielleicht wäre ich es auch, wenn du nicht da wärst. Ich finde es schrecklich, nichts zu sehen, mich nicht orientieren zu können. Es ist richtig körperlich spürbar. Ich fühle mich eingeengt und gelähmt."

„Weil du nichts siehst. Schließ deine Augen. Dann ist es, als würdest du einschlafen. Du nimmst deine Umgebung nur noch durch Geräusche und Gerüche war. Es ist ein ganz anderes Erleben. Sehr intensiv."

Ich schließe die Augen und lausche seiner Stimme. Dunkel und weich dringt sie in mich, umfängt mich und führt mich in seine Welt. Ich rieche den süßen, pfeffrigen Duft der Freesien; den scharfen Curry und die frische Zitrone des Essens; das Herbe seiner Haut.

Leise Musik ertönt links von mir, Klaviertöne, langsam und zart, nicht aufdringlich. Ich fühle das Leinen der Tischdecke unter meiner rechten Hand, Ludwigs Hand obendrauf. Sie wärmt und hält mich.

„Ich finde es spannend, das Leben einmal so zu entdecken", endete er.

„Du klingst so kindisch erfreut. Fast schon überdreht."

Ich hörte sein kehliges Lachen. „Kann sein. Ich bin ein sehr optimistischer Mensch, offen für alles. Und ganz oben auf meiner to-do-Liste steht, das Leben zu geniessen. Klingt vielleicht kitschig, aber ich bin noch nie enttäuscht wurden. Egal was passiert, ich finde immer den positiven Punkt darin."

„Warum bin ich dann hier? Ich bin zu ernst und starr. Nichts verändern, nichts probieren."

„Das stimmt nicht. Du erlebst gerade neues, vielleicht nur meinetwegen, aber du blockst nicht ab. Ich denke, du brauchst jemanden, der dich mitzieht. Im Gegensatz dazu vermittelst du Ruhe und Ausgeglichenheit. Etwas das ich sehr an dir mag. Und was ich selbst manchmal brauche."

Bevor ich etwas sagen konnte, hörte ich neben mir ein Geräusch. Unser Kellner erschien mit der Vorspeise: Zitronengras-Trockenpflaumen-Spieß mit Speck ummantelt. Der Duft des gebratenen Bacons stieg mir in die Nase, wodurch ich erst richtig wahrnahm, wie hungrig ich war. Ich wollte meine Hand von Ludwigs befreien, um zu essen, aber er hielt sie fest umschlossen.

„Isa, du hast vorhin von klaren Verhältnissen geredet, als es um meine letzte Beziehung ging. Was schwirrte dir dabei durch den Kopf. Sag es mir bitte."

„Ist das nicht deutlich?", antwortete ich verlegen. „Wir treffen uns schon zum zweiten Mal und ... Na ja, es könnte doch sein, dass das noch öfters vorkommt."

„Und?", bohrte er nach.

„Und?" Ich richtete mich gerade auf, um die folgenden Worte loszuwerden. „Ich würde dich gerne weiterhin treffen."

„Warum?", spöttelte er.

„Lu!", zischte ich. Langsam reichte mir sein gespieltes Unverständnis.

„Schon gut. Sorry. Ich hör auf, aber sag bitte nie mehr diesen Namen. Den habe ich schon als Kind gehasst."

„Habe ich also endlich mal einen wunden Punkt bei dir getroffen. Ich mag es nämlich nicht gedrängelt zu werden."

„Verstanden. Lass uns essen."

Schweigend widmeten wir uns unserer Vorspeise. Es schmeckte köstlich süß aber auch herzhaft und knusprig. Beides getrennt war total gegensätzlich, aber zusammen harmonisierte es hervorragend.

„Erzähl mir von deiner Familie", unterbrach Ludwig meine Gedanken.

„Was soll ich da erzählen?"

„Alles! Ich habe eine Schwester, wie du weißt. Und du? Bis jetzt hast du nur deinen Onkel erwähnt."

„Viel mehr gibt es auch nicht. Ich habe keine Geschwister. Roland, mein Vater, hat uns verlassen als ich sieben war. Er gründete eine neue Familie und meldete sich nur noch selten. Meine Mutter fiel daraufhin von einem Extrem ins andere. Ich verbrachte viel Zeit bei meinem Onkel. Punkt. Mehr gibt es nicht zu sagen." Lässig wollte ich jedes weitere Wort von ihm im Keim ersticken.

„Da gibt es noch jede Menge zu sagen. Besonders wenn ich höre, wie wütend du klingst."

„Tue ich nicht", brauste ich auf. Und merkte selbst wie gereizt ich klang.

„Erzähl es mir. Ändern kannst du die Vergangenheit sowieso nicht."

„Ich rede nicht gern darüber."

„Versuche es trotzdem. Ich sehe dich dabei auch nicht an", scherzte er.

„Danach ist das Thema aber erledigt, okay? Versuche nicht mich zu analysieren."

„Versprochen."

Leise begann ich zu reden. Er musste sich weiter vorgebeugt haben, denn ich spürte seinen Atem an meinem Hals.

„Meine Eltern verliebten sich noch während der Schulzeit. Sie waren beide sechzehn gewesen. Dann kam der Abschluss, Ausbildung, Hochzeit. Nur mit Kindern schien es nicht zu klappen. Meine Mutter hatte drei Fehlgeburten bis sie mich endlich bekam. Da waren sie Anfang dreißig und hatten schon zu viel durchgemacht und gelitten. Es kam immer wieder zu Streitereien, erzählte mir später Arno. Meine Mutter liebte Roland abgöttisch, sodass sie ständig einlenkte, sich entschuldigte und für Frieden sorgte.

Ich war ihr ersehntes Wunschkind und hätte die Wogen glätten sollen. Es funktionierte nicht. Roland betrog meine Mutter vier Jahre lang und verließ sie schließlich für seine jetzige Frau. Sie bekamen zwei Kinder und zogen nach Salzburg. Ich habe sie mal besucht. Da war ich sechzehn. Aber ich habe es kaum dort ausgehalten. Sie waren so glücklich, so normal."

„Es tat weh, sie so zu sehen."

„Ja. Es ging ihnen gut. Und mich erwartetet zu Hause eine Mutter, die tagelang im Bett blieb, um danach wieder singend durchs Haus zu tanzen, sich schick anzuziehen und auszugehen. Einmal brachte sie auch einen Freund mit nach Hause. Er war nett und schien ihr gut zu tun. Er kam sehr oft zu uns, bis sie ihn plötzlich rauswarf und sich wieder verkroch. Ich weiß bis heute nicht, was passiert war. In einem Moment sprachen sie normal miteinander, im nächsten schrie sie los. Er stand ganz ratlos da und wusste sich nicht zu helfen. Als er am folgenden Tag wiederkam, machte sie gar nicht erst auf."

„Sie war depressiv. Ließ sie sich helfen?"

„Nein."

„Was hast du gemacht?"

„Wenn es zu schlimm wurde, ging ich zu Arno. Mittlerweile hatte ich auch dort ein Zimmer. Meine Mutter vermisste mich gar nicht in der Zeit."

„Wo ist sie jetzt?"

„Tot. Sie brachte sich vor drei Jahren mit Tabletten um. Dabei schien es, als würden ihre schlimmen Phasen gerade weniger werden."

„Das tut mir leid." Seine Hand strich mir tröstend über den Rücken.

„Schon gut. Ich hatte damit gerechnet, nur eben eher. Ich hatte auch schon mit meinem Onkel darüber gesprochen, sie einweisen zu lassen, aber wir hatten beide Angst, dass sie dann nur ans Bett gebunden vor sich hinvegetiert. Ich schätze mal, diese Annahme war falsch. Ich hatte mich nie richtig informiert, denn ..."

Ich stockte. Es fiel mir schwer, es auszusprechen. Aber Ludwig hatte recht. Die Finsternis machte es mir leichter, darüber zu reden.

Da er schwieg, nahm ich meinen Mut zusammen und sprach weiter. „Ich war wütend auf sie. Sie hatte mich genauso im Stich gelassen wie Roland. Manchmal muss ich mir selbst sagen, dass sie krank war, aber es gibt Phasen, da hasse ich sie immer noch."

Stille. Ich hörte leise Geräusche von den Nebentischen. Bei uns blieb es stumm.

„Ich kann verstehen, wenn du jetzt gehen willst", flüsterte ich.

„Warum sollte ich? Ich werde dich nicht verlassen."

Er küsste mich, ganz sanft und zärtlich, als ob ich unter dem kleinsten Druck zerbrechen würde. Ganz leicht spürte ich seine Hand in meinem Nacken. Ich fühlte mich sicher und geborgen. Und zum ersten Mal konnte ich meine Mutter verstehen.

Der Hauptgang wurde serviert. Wir aßen konzentriert und schweigend. Es schmeckte nach Curry, aber mehr bemerkte ich nicht. Automatisch führte ich die Gabel zum Mund, ohne weiter darauf zu achten.

„Schmeckt es dir?"

Erschrocken hob ich den Kopf und sah genauso viel wie zuvor. Nichts.

„Ich glaube, ich muss hier raus!"

„Gleich. Warte noch einen Moment. Ich kümmere mich darum."

Ich wusste, was er jetzt tat. Mit Hilfe eines Knopfes unter der Tischplatte konnte er unseren Kellner rufen. Es dauerte nicht lange, bis er erschien, und Ludwig unsere Situation schilderte. Sofort wurden wir in den Barraum geführt, wo wir an einem kleinen Tisch platziert wurden.

Es war schön, wieder meine Umgebung sichtbar wahrzunehmen. Dankbar lächelte ich Ludwig an. Hier konnten wir in Ruhe bei Kerzenschein unser Dinner beenden.

Als wir das Restaurant verließen, kämpften wir uns schweigend gegen den Wind zum Auto. Ludwig legte seinen Arm um mich, und ich lehnte meinen Kopf an seine Schulter. Er schaute besorgt zu mir herab. „Du zitterst. Ist dir kalt?"

Anstelle zu antworten, küsste ich ihn. Und als er aufhören wollte, hielt ich seinen Kopf fest und drängte meinen Körper gegen seinen. Ich wollte ihn nicht loslassen.

„Isa, lass uns fahren."

„Ich will heute nicht allein sein. Bitte komm mit zu mir."

Wieder küsste ich ihn heftig.

Sanft löste er meine Hände aus seinem Nacken. „Ich halte das für keine gute Idee. Du bist aufgewühlt von heute Abend. Du solltest nichts überstürzen."

„Überstürzen? Oh, ich will nicht mit dir schlafen. Ich will nur, dass du in meiner Nähe bist."

„Du verhältst dich aber anders."

„Ich weiß. Es ist schön, dich zu spüren. Und ich würde gern mit dir zusammen einschlafen. Mehr nicht."

„Und du traust mir zu, mich zurückzuhalten?"

Zaghaft nickte ich. Ich hätte alles gesagt, damit er mich nicht allein lässt.

„Ich bleibe."

Zu Hause verfiel ich sofort in die Rolle der Gastgeberin; zeigte ihm die Wohnung, bot ihm Getränke an und plapperte über unwichtige Dinge, um meine Nervosität zu überspielen. Ich wusste, was ich wollte. Ich wusste nur nicht, wie ich es anfangen sollte.

„Isa, soll ich doch lieber gehen?"

„Nein, nein", stotterte ich. „Es ist... Ich... ich."

„Was willst du? Sag es einfach."

„Schlafen. Ich bin müde." Erschöpft ließ ich mich gegen den Türrahmen sinken.

„Kein Problem." Ludwig umfasste meine Taille und zog mir langsam meine Bluse samt Top über den Kopf. Ich hielt die Luft an. Seine Finger glitten an meinen

Seiten hinab, streichelten über meinen Bauch und verhaken sich in meinem Hosenbund.

„Ludwig? Was tust du?"

„Ich helfe dir beim Ausziehen", flüsterte er, küsste meinen Hals und sah mich liebevoll an. „Komm mit. Da entlang."

Er schob mich Richtung Schlafzimmer und verschwand selbst im Bad. Ich stand in meinem eigenen Zimmer und überlegte, was zu tun war, während ich die Dusche rauschen hörte. Es fühlte sich seltsam an, ihn hier zu haben. Einerseits vertrieb es die Einsamkeit, andererseits spürte ich die Anspannung mit jeder Faser meines Körpers. Ich wusste nicht, was mich erwartete, aber ich wollte ihm vertrauen.

Als das Wasserrauschen verstummte, erwachte ich aus meiner Lethargie. Ich zog meine Jeans aus und schlüpfte in Unterwäsche unter meine Decke. Das Deckenlicht war gelöscht, und nur die kleine Lampe an der Schlafzimmertür spendete schwach Licht. So konnte ich ihn gut sehen, als er hereinkam. Groß und schlank stand er in Shorts im Türrahmen.

Er legte sich zu mir und schaute mir in die Augen. „Du wolltest mich hier haben, aber eigentlich hast du Angst. Nicht vor mir. Vor deinen eigenen Gefühlen."

Ich runzelte die Stirn und blickte fragend zurück.

„Du musst mir einfach vertrauen und loslassen.

Okay? Dreh dich bitte um, dann kann ich dich besser wärmen."

Er rutschte unter meine Decke, legte seinen Arm über mich und zog mich zu sich heran. Ich spüre seine warme Haut an meinem Rücken, seine Hand streichelte über meine Schulter, Brust, Bauch und wieder zurück. Ich hielt sie fest, küsste seine Fingerspitzen und drückte sie an mich.

„Bitte nicht mehr streicheln. Es war heute viel für mich." Mit diesen Worten fühlte ich mich besser und spürte, wie sich meine Muskeln entspannten.

„Überreizt?"

„Ja."

„Schlaf gut."

„Danke, dass du nicht locker gelassen hast", wisperte ich.

Ich lauschte noch eine Weile seinen Atemzügen, bis auch ich endlich einschlief.

11

Das Wochenende zieht sich endlos dahin. Um meine Gedanken zu sortieren mache ich lange Spaziergänge. Etwas, das ich seit Jahren nicht mehr getan hatte. Die Abende verbringe ich zu Hause auf unserer Terrasse, ein Glas Wein in der Hand, und versuche mir meine Anspannung nicht anmerken zu lassen.

Dennoch fällt es Georg auf. Sobald er in meine Nähe kommt, schaut er mich skeptisch an, sagt aber kein Wort. Auch körperlich bleibt er auf Distanz. Die Situation scheint ihm nicht zu behagen, besonders da ich ihm weder aus dem Weg gehe, noch angriffslustig reagiere. Vielleicht erhofft er sich einen Neuanfang unserer Ehe. Armer Georg! Beinahe muss ich darüber schmunzeln, aber ich verkneife es mir lieber. Ich will nicht glücklich auf ihn wirken.

Montag ist es endlich soweit. Da ich erst mittags im Theater sein muss, kann ich in aller Ruhe in die Stadt fahren. Ich kaufe einen riesigen Blumenstrauß roter Rosen, bezahle bar und stecke eine kleine Karte hinein, auf der steht: ‚Geliebte Leonor. Ich bin auf ewig Dein!‘ Schnulzig, aber eindeutiger geht es wohl nicht.

In Ludwigs Straße warte ich eine Weile, bis sich eine gute Gelegenheit ergibt. Eine Junge kommt den Weg entlanggelaufen, ungefähr zwölf Jahre alt. Ich steige aus, um ihn anzusprechen. Etwas misstrauisch schaut er mich erst an, doch dann strahlt sein Gesicht. Schließlich habe ich ihm gerade zwanzig Euro versprochen, wenn er bei ‚Keuh‘ klingelt und den Strauß, ohne mich zu erwähnen, abgibt.

Meine größte Sorge ist, wer die Tür öffnet. Ich weiß, dass Ludwig zu Hause ist, da sein Wagen davor steht.

Leider kann ich nichts über Leonors Verbleib sagen.

Zehn Minuten später kommt der Junge zurück, grinst mich an und sagt, es hätte alles super geklappt. Irgendein Mann hätte ihn entgegen genommen. Ich bezahle ihn und verschwinde, damit mich nicht doch noch jemand sieht.

Am Abend erfolgt bereits der nächste Schlag gegen Leonor, auch wenn ich nicht weiß, ob die Blumen die richtige Schlussfolgerung bei Ludwig hinterlassen haben. Ich bespreche es mit Birgit, doch anstatt Zustimmung bekomme ich nur mahnende Worte von ihr.

„Das ganze wird nicht klappen. Vielleicht gibts einen großen Krach zwischen den beiden, aber dann raufen sie sich wieder zusammen. So wie damals."

„Damals war ein Fehler. Das wird er merken. Er muss nur wieder Zeit mit mir verbringen. Beim letzten Treffen habe ich es ganz deutlich gespürt."

„Dann rufe ihn einfach an und schlage ein Treffen vor. Wenn du recht hast, geht er darauf ein. Ansonsten ... Bye bye Ludwig."

„So einfach ist das nicht. Er ist viel zu lieb, um sie einfach zu verlassen."

„Mensch, Isa. Setz endlich deine rosa Brille ab. Bei dir ging es doch auch ganz leicht."

Grimmig blicke ich sie an. „Ich dachte, du stehst auf meiner Seite."

„Seite? Ich bin für gesunden Menschenverstand und für dein Wohlbefinden. Du wirst von mir immer nur die Wahrheit hören. Aber ich lasse dich nicht im Stich, falls du das denkst."

„Mir wird's besser gehen, wenn ich wieder mit ihm zusammen bin. Deshalb schreibe ich jetzt diesen Brief. Steckst du ihn morgen früh ein? Du wohnst näher an Leonors Schule. Außerdem will ich es nicht riskieren, gesehen zu werden."

„Ich dachte, es wären noch Sommerferien?"

„Nur noch diese Woche. Ich habe nachgeschaut. Vielleicht ist sie schon dort. Vorbereitungen treffen, oder so."

„Und wenn nicht?"

„Deshalb habe ich ja deine Handynummer rein- schreiben wollen. Wenn sie nicht zu dem vermeint- lichen Treffen mit der Mutter eines neuen Schülers kommen kann, wird sie sich bestimmt melden und ei- nen neuen Termin ausmachen wollen. Du musst nur zustimmen. Sie wird sowieso allein dort sein und auf unserer erfundene Mutter warten. Und Ludwig muss ich dann nur noch verklickern, dass sie ihn belogen hat und sich heimlich mit jemand anderen getroffen hat."

„Das ist Blödsinn. Sie wird sich garantiert schon bei mir melden, während sie wartet."

„Dann gehst du eben nicht ran."

„Und wenn sie den Direktor nach diesem neuen Schüler fragt?"

„Kein Problem. Daran habe ich schon gedacht. Er bekommt eine schriftliche Anfrage. Unter anderem mit der Erklärung, dass das Gymnasium von einer Bekannten empfohlen wurde, deren Kind in Leonors Klasse geht. Daher habe ich ja auch die Telefonnummer. Später kann ich ja eine Absage schreiben. Somit sieht es nicht nach Schwindel aus. Nur nach einer unzuverlässigen Person."

„Und genauso wird sie es Ludwig wiedergeben."

„Nicht wenn ich kurz nach dem Treffen bei Ihnen zu Hause anrufe und mich für den tollen Abend bedanke."

„Mit Frauenstimme?"

„Das ist ein kleines Problem. Aber ich habe ja noch bis Donnerstag Zeit, mir was einfallen zu lassen. Vielleicht kann Karl mir dabei helfen."

„Du solltest Karl nicht so ausnutzen. Er ist dir zwar total verfallen, aber ewig wird er sich nicht hinhalten lassen."

„Ich halte ihn nicht hin. Er bekommt doch alles von mir, was er sich vorstellen kann."

Ungläubig schaut Birgit mich an. „Er will keine Affäre, falls du es noch nicht bemerkt hast."

„Dann hat er leider Pech. Also, hilfst du mit?"

„Ja, den Brief kann ich reinstecken. Aber ohne meine Nummer drauf. Du musst einfach darauf vertrauen, dass sie hinkommt. Hast du vor, bei der Schule zu warten, um es zu überprüfen?"

„Ja, muss ich. Besonders da ich sehen will, wann sie heimfährt. Wird schon gut gehen."

Birgit sieht mich nachdenklich an. „Ich hoffe, dass du bald zur Vernunft kommst."

„Ja ja. Ich muss jetzt los. Karl abfangen." Ich winke ihr zu und verschwinde schnell, bevor ich mir noch mehr anhören muss.

Da die Vorstellung längst vorbei ist, suche ich zuerst in den Garderobenräumen nach Karl. Dort erfahre ich, dass er bereits gegangen ist. Leise vor mich hinfluchend beschließe ich nach Hause zu fahren. Der Tag hatte erfolgreich angefangen, doch gegen Ende habe ich das Gefühl, dass sich alle gegen mich stellen.

„Hey."

Überrascht blicke ich mich um und muss dabei auf der Stufenkante balancieren, um nicht das Gleichgewicht zu verlieren. Hinter mir entdecke ich Karl, der auf der Mauer neben dem Eingang sitzt.

„Erschreck mich nicht so. Ich hätte mir fast das Genick gebrochen. Was würde ich dir dann noch nützen?", versuche ich zu scherzen, aber Karl schaut mich ernst an.

„Was machst du hier?", frage ich, verunsichert durch sein ruhiges Auftreten.

„Ich habe auf dich gewartet. Da dein Wagen noch auf den Parkplatz stand, musstest du noch hier sein."

„Das trifft sich gut. Ich habe nach dir gesucht."

Bei diesen Worten schleicht sich ein Lächeln auf sein Gesicht. „Warum?"

Seine Art überrumpelt mich. Die Wahrheit kann ich ihm schlecht erzählen, deshalb sage ich gar nichts und warte lieber ab.

Karl steht auf und kommt langsam auf mich zu. „Du siehst müde aus. Wie wäre es, wenn du mit zu mir kommst?"

Ich schaue ihn herausfordernd an. „Daran denkst du also? Das klingt nach Plänen, die noch müder machen."

Doch Karl schüttelt nur lachend den Kopf. „Ich dachte an etwas Entspannendes. Was hältst du davon? Du kommst mit zu mir, wir kuscheln uns aufs Sofa, essen Popcorn, schauen einen Film, trinken vielleicht ein Glas Wein. Ich massiere deinen Nacken, der mir ganz verspannt vorkommt. Und du genießt einfach."

Ich stehe starr da. „Das klingt verlockend", antworte ich heiser und verlegen.

‚So intim darf es zwischen uns nicht werden', denke ich. ‚So weit darf ich es nicht kommen lassen.'

Ich habe kein Problem damit, mit Karl oder anderen Männern zu schlafen und dann zu verschwinden, aber ich habe mir geschworen, nie Hoffnung auf eine Beziehung bei ihnen zu wecken. Dass ich schon mehrmals mit Karl Sex hatte, war schon eine Premiere. Und für meine Zwecke muss ich ihn nochmal ausnutzen, aber dann werde ich einen Schlussstrich ziehen, bevor er sich noch mehr an mich bindet.

„Ich kann nicht. Wie soll ich Georg erklären, wo ich bin?"

„Was hast du ihm denn das letzte Mal erzählt?"

„Das ich bei Birgit bin."

„Dann glaubt er es auch ein zweites Mal." Karl steht jetzt dicht vor mir und zieht neckend an einer Haarsträhne, die sich aus meinem Pferdeschwanz gelöst hat. Wenn er wüsste, wie oft ich diese Ausrede schon hatte, wäre er geschockt.

Ich trete von ihm zurück. „Nein. Es geht nicht. Nicht heute." Ich räuspere mich und spreche langsam weiter. „Karl, ich glaube, dass du dich in etwas verrennst. Wir hatten Sex miteinander. Das war auch schon alles. Mehr habe ich dir nie versprochen."

„Und warum hast du mich vorhin gesucht?"

„Ich wollte fragen, ob du am Donnerstag Zeit hast."

„Soll das heißen, du planst im Voraus, wann du mit mir schlafen willst?" Er klingt wütend, aber das kann ich auch.

Ich kontere laut: „Natürlich. Schließlich habe ich mehr zu verlieren."

„Da kann ich ja froh sein, dass du mich dazwischen schiebst." Zynisch blickt er mich an.

Wie gerne hätte ich jetzt auf ihn eingeschlagen und meiner Wut freien Lauf gelassen. Doch er trägt nur einen kleinen Anteil daran.

„Isa!" Eine vertraute Stimme lenkt mich ab. Am Fuß der Treppe steht jemand, der viel zu meiner Stimmung beigetragen hat.

„Wa machst du hier?", frage ich und versuche dabei, nicht zu gereizt zu klingen.

„Ich dachte, es wäre eine schöne Überraschung, dich abzuholen."

Er kommt die Stufen hoch und hält Karl seine Hand entgegen. „Georg Stanowsky."

„Karl Dyberg."

„Karl ist Schauspieler hier an der ‚Spielbühne'", stelle ich ihn vor.

„Momentan mime ich den Jurist in Ibsens ‚Nora'. Falls Sie das Stück sehen wollen."

„Wenn Sie den Ehemann spielen, werde ich kommen", antwortet Georg herablassend.

„Ich werde es Sie wissen lassen", geht Karl locker darüber hinweg. „Jetzt bringen Sie erstmal Ihre Tochter sicher nach Hause. Bis morgen, Isa." Mit einen Kuss auf die Wange verabschiedet er sich und geht an uns vorbei, als hätte er richtig gehandelt.

Während ich sprachlos da stehe, schaut Georg ihm wütend hinterher und zieht mich Richtung Auto. „Was wollte der Kerl von dir? Was läuft da?"

„Was? Nichts!", stammle ich.

„Ihr habt euch angeregt unterhalten, als ich kam. Du hast mich überhaupt nicht zur Kenntnis genommen."

„Wir haben uns gestritten. Er hat mir vorgeworfen, ich hätte das falsche Make-up genommen. Er hätte darunter zu sehr geschwitzt." Schnell lege ich mir diese Notlüge zurecht.

„Dämliche Ausrede. Du musst doch merken, dass das nur von ihm erfunden ist. Steig ein!"

„Soll ich nicht lieber mit meinem Auto fahren?"

„Nein! Denn erstens wollte ich dich überraschen, da ich das Gefühl hatte, dass wir ein gutes Wochenende hatten, und zweitens lungert dieser Typ bestimmt noch irgendwo rum. Ich fahre dich morgen früh wieder auf Arbeit."

„Einverstanden. Und du glaubst wirklich, Karl will was von mir?", frage ich unschuldig.

„Natürlich. Das muss dir doch auch auffallen. Sein Blick hing doch die ganze Zeit an dir."

„Ich habe ihn kaum beachtet."

„Gut. Schließlich bist du mein Mädchen."

Ich lehne mich im Sitz zurück und verschließe die Augen vor den heutigen Erlebnissen. „Ich bin erschöpft. Der Tag war anstrengend."

Es ist schwer, mich entspannt zu geben, aber ich möchte Georg von Karl ablenken. Doch schon im nächsten Moment zucke ich zusammen. Mein Handy klingelt. Ohne auf das Display zu schauen, gehe ich ran.

„Hallo?"

„Das nenne ich Revierkampf. Aber du darfst gern mitentscheiden. Ciao." Schon legt Karl wieder auf.

„Ähm, nein. Tut mir leid", sage ich in eine tote Leitung. „Ich bin schon auf dem Weg nach Hause."

Fragend schaut Georg mich von der Seite an. „Birgit? Wollte sie wieder ausgehen?"

„Ja, aber es wird mir zuviel."

„Geht es dir gut? Wir sind gleich da. Du legst dich hin und ich bringe dir eine Tasse Tee."

Eine halbe Stunde später liege ich wirklich auf der Couch. Georg hat sich neben mich gesetzt, sodass mein Kopf in seinem Schoß ruht. Der Tee dampft und konkurriert dabei mit der Hitze draußen. Georg streichelt mir über meine Haare und plötzlich über meinen Bauch. Es fühlt sich falsch an. Ich fühle mich schlecht dabei, aber meine Kräfte reichen nicht mehr, um aufzubegehren.

„Kann es sein, dass du schwanger bist?"

„Mmh?"

„Schwanger. Du bist in letzter Zeit oft zu Hause. Du bist müde und erschöpft und du siehst blass aus. Vielleicht ging es ja schneller, als wir dachten."

„Das glaube ich nicht. Aber wenn es dich beruhigt, mache ich nächste Woche einen Test."

„Ja. Bis dahin können wir ja noch etwas nachhelfen."

Ich stoppe schnell seine Hand, als er tiefer gleiten möchte. „Heute nicht, Georg. Ich brauche wirklich Schlaf."

Er wirkt beleidigt, sagt aber nichts dazu. Denkt er denn tatsächlich, dass sich die letzten Jahre Nebeneinanderherlebens auf einmal in Luft aufgelöst haben?

Ich frage ihn nicht danach, aber ich begreife, dass ich Recht behalten soll. Denn Georg weicht mir heute nicht von der Seite. Energisch muss ich ihn sogar aus dem Badezimmer schieben. Doch es stört ihn nicht. Er merkt nicht einmal, dass er sich lächerlich macht.

Endlich im Bett erhoffe ich mir tiefen Schlaf und somit Ruhe, aber Georg drückt sich fest an mich, schlingt seinen Arm um mich und reibt ständig über meinen Bauch.

„Es wird bestimmt ein Junge", raunt er.

Gequält schließe ich die Augen und verhalte mich ganz ruhig. „Schlaf jetzt bitte", flehe ich ihn an.

Tatsächlich höre ich kurz darauf seine gleichmäßigen Atemzüge. Aber ich kann nicht schlafen. Sein Körper engt mich ein, doch noch mehr sein Wille, seine Macht, die er über mich ausübt. Am liebsten würde ich laut schreien und um mich schlagen, schon zum zweiten Mal heute. Ich fühle mich eingeengt, von Georg und Karl, so dass ich kaum noch atmen kann. Mein Leben entgleitet mir.

Verzweifelt wühle ich mich aus dem Bett und renne aus dem Zimmer. Ich schaffe es gerade noch rechtzeitig ins Bad, bevor ich mich übergebe. Schritte folgen mir und Georg steht schon wieder hinter mir. Er hält mir ein Glas Wasser hin, welches ich zittrig entgegen nehme.

„Lass mich bitte allein."

„Nein. Ich werde die nächsten neun Monate gut auf dich aufpassen."

„Aber nicht überall", schreie ich. „Hau ab!"

Georg geht. Irgendwann schaffe auch ich es zurück

ins Schlafzimmer und bin froh darüber, allein zu sein. Dennoch zieht sich die Nacht endlos hin. Meine Gedanken kreisen ständig um Georg und Karl, bis ich merke, dass ich einen vergessen habe: Ludwig. Seinetwegen will ich alles durchstehen. Und ich fasse einen Entschluss für den nächsten Morgen. Es fühlt sich richtig an und endlich finde ich Schlaf.

Gegen zehn weckt mich Georg. Kaffee steht auf meinem Nachttisch. Sein Geruch steig mir in die Nase, vermischt mir dem Geruch frischer Brötchen.

„Du solltest ordentlich frühstücken, damit du wider zu Kräften kommst." Er sitzt auf meiner Bettkante und betrachtet mich.

„Ich bin weder schwach noch krank. Also behandle mich nicht so. Was ist bloß los mit dir? Gestern Nacht habe ich dich angeschrieen und heute servierst du mir Frühstück."

„Und? Du bist schwanger. Das sind bloß die Hormone."

„Verdammte Scheiße, Georg. Du bist Professor für Anatomie und Physiologie. Solltest du da nicht mehr wissen über Schwangerschaften? Es ist erst eine Woche her, dass wir beschlossen haben, nicht mehr zu verhüten."

„Und du hast die Pille gleich abgesetzt."

„Ja. Und das hat meinen ganzen Zyklus durcheinander gebracht." Wie gerne würde ich ihn jetzt beleidigen, aber ich spiele die liebe Ehefrau und beruhige mich wieder. „Es dauert nicht mehr lange. Und dann klappt es bestimmt schnell. Ich kann ja vorsorglich einen Termin bei meinem Frauenarzt vereinbaren, um alle Hindernisse schon vorher zu beseitigen. Okay?"

Diese Entgegenkommen mildert meinen Ausbruch ab und hebt Georgs Stimmung. Während ich esse und mich zurecht mache, erzählt er mir von seiner Arbeit, von Kollegen und Studenten. Ich höre kaum zu, nicke aber gelegentlich. Innerlich jedoch zähle ich die Minuten, bis dieses Theater vorbei ist.

Als wir endlich im Stadtzentrum ankommen, verabschiede ich mich wie gewohnt mit einer kurzen Umarmung. Doch auch das ändert Georg mit seinem Worten: „Pass auf dich auf. Ich warte heute Abend auf dich."

Ich nicke ihm nur zu.

Nachdem ich das Theater betrete habe, verlasse ich es auch schon wieder durch die Hintertür, ohne dass mich jemand bemerkt, fahre mit meinem Wagen zu meinem Hausarzt und lasse mich für die nächsten zwei Wochen krankschreiben. Viel erklären muss ich auch nicht. Durch letzte Nacht bin ich wirklich ganz blass, und mein Blutdruck zu niedrig. Deshalb setzte ich mich erstmal ins nächstbeste Café. Meinen Chef und Birgit muss ich schließlich auch noch informieren, besonders Birgit sollte meine weiteren Schritte erfahren, damit ich nicht doch noch einen Rückzieher mache. Sie ist begeistert und bietet mir sofort ihre Hilfe an.

„Ich schaffe das schon. Du weißt, wo du mich findest?", frage ich sicherheitshalber nach.

„Ja. Außerdem habe ich deine Nummer. Melde dich, wenn du dort bist. Ich komme heute Abend vorbei."

Mittlerweile ist es Nachmittag. Da Georg jetzt endlich an der Uni ist, nutze ich die Zeit, um nach Hause zu fahren und meine Koffer zu packen. Der gestrige Tag hat mir gezeigt, dass ich die Männer meines Lebens reduzieren sollte. Und Georg ist das größte Hindernis. Das hätte ich schon vor Jahren sehen müssen. Er liebt mich, daran zweifle ich nicht, aber er bestimmt auch über mich. Und das sollte ich endlich unterbinden. Wie sagte einst eine kluge Frau? ‚Ich muss meinen Männern nicht treu sein, nur mir selbst!'

Zu Hause, besser gesagt in Georgs Haus, schnappe ich mir zwei große Koffer und packe meine Sachen hinein, vorwiegend leichte Kleidung. Aber ich denke bis zum Herbst habe ich genügend Möglichkeiten, den Rest meiner persönlichen Dinge zu holen und unterzubringen. Im Moment werde ich bei Arno unterkommen. Den Wohnungsschlüssel musste ich nie abgeben, dennoch habe ich ihm Bescheid gegeben, dass er demnächst wieder einen Schlafgast hat.

Arno reagiert ähnlich wie Birgit. Ich täte das Richtige, nur sollte ich es nicht heimlich tun. Doch dazu bin ich nicht in der Lage. Der Moment wird kommen, an dem ich Georg alles erklären muss. Bis dahin sammle ich Kraft. Und Ludwigs Unterstützung.

Bei Arno lege ich mich in mein altes Zimmer und schlafe augenblicklich ein. Als ich aufwache, sehe ich, wie die Sonne langsam untergeht. Die letzten Strahlen fallen durch mein Fenster und malen die Umrisse meines Traumfängers an die gegenüberliegende Wand. Es ist warm hier drin. Verschwitzt stehe ich auf, ziehe meine Sachen aus und schlüpfe in ein altes T-Shirt von Ludwig. Meine Haare stecke ich hoch, ohne in der Spiegel zu schauen. Hier bin ich Ich.

Geräusche dringen an mein Ohr. Stimmen. Zwei Männer unterhalten sich. Nicht Georg. Er wird in seinem Lieblingssessel zu Hause sitzen und auf mich warten. Ich habe ihm keine Nachricht hinterlassen.

Als ich die Tür öffne, sehe ich die beiden im Flur stehen.

Mein Onkel hält die Arme verschränkt vor seinem Körper. „Ich sage ihr, dass Sie hier waren. Wie war noch mal Ihr Name?"

„Karl", antworte ich an seiner Stelle.

„Ich habe ihm gesagt, dass du nicht gestört werden möchtest." Seiner Stimme höre ich an, dass er diesen

Besuch unpassend findet. „Ich lasse euch wohl besser allein." Ohne eine Antwort abzuwarten, geht er ins Wohnzimmer und schließt geräuschvoll die Tür.

Karl schaut mich besorgt an. „Wie geht es dir? Als ich erfuhr, dass du krank bist, hab ich mir Sorgen gemacht. Birgit war so lieb, mir deine Adresse zu verraten."

Ich seufze frustriert. Birgit konnte sich wiedermal nicht zurückhalten, sich in mein Leben einzumischen. Dann schaue ich mir Karl genauer an. Erst jetzt sehe ich, dass seine Unterlippe aufgeplatzt ist. Ich hebe meine Hand, um die Stelle zu berühren, besinne mich aber eines Besseren. Karl bemerkt jedoch meine Bewegung.

„Ist es so schlimm für dich, mir näher zu kommen?"

„Du klingst verletzt. Das wollte ich immer vermeiden."

Er nickt nur.

„Was ist mit deiner Lippe passiert?"

„Das war dein Mann. Hat mich kalt erwischt. Ich hatte dich bei dir zu Hause vermutet. Er öffnete und war nicht erfreut, mich zu sehen. Wäre wohl besser gewesen, wenn ich vorher mit Birgit gesprochen hätte. Oder dich angerufen."

„Dann hätte ich gesagt, dass du nicht kommen sollst."

„Das hätte mich nicht abgehalten. Du hast ihn verlassen?"

„Ja." Instinktiv weiche ich einen Schritt zurück. Ich weiß, dass Karl sich über diese Neuigkeit freut, auch wenn er nicht sagen kann, was das für ihn bedeutet. Doch seine ganze Körperhaltung drückt Hoffnung aus.

„Es war die richtige Entscheidung", sagt er. „Unabhängig von uns. Ich weiß, dass du jetzt nicht darüber nachdenken willst, aber ich bin für dich da."

Er schenkt mir ein trauriges Lächeln und geht einfach.

Die nächsten zwei Tage verlasse ich kein einziges Mal die Wohnung. Georg ruft ständig an und verlangt eine Erklärung. Durch Karls Auftauchen bei ihm hat er, eher als erhofft, erfahren, dass ich ihn verlassen habe. Ich lasse das Telefon klingeln, ich öffne nicht die Tür. Es ist feige, aber es ist mir egal.

Der Donnerstag Abend rückt immer näher. Das angebliche Treffen mit Leonor. Und ich kam nicht mehr dazu, mir einen Plan zurechtzulegen.

Ich fahre trotzdem los, parke bei der Schule und beobachte, wie Leonor das Gebäude betritt und vierzig Minuten später wieder herausstürmt. Ich fahre ihr mit großem Abstand hinterher. Schließlich weiß ich, wo sie wohnt. Während sie im Haus verschwindet, zücke ich mein Handy, um schnell eine Nachricht tippen: ‚Dieser Abend war unvergesslich. Ich liebe dich.‘ Ich gebe Ludwigs Festnetznummer ein und sende sie ab. Hoffentlich erkennt Ludwig meine Nummer nicht. Aber warum sollte er sie nach fünf Jahren noch gespeichert haben? Es ist ein schlechter Plan, aber ich muss etwas tun, um Ludwig zurückzugewinnen.

Ich lasse meinen Blick nochmal über die Straße gleiten, bevor ich losfahre. Da trifft mich der nächste Schock. Sein Auto steht nicht da! Scheiße, scheiße, scheiße. Das war doch der Knackpunkt meines Plans. Ludwig sollte die SMS lesen und glauben, sie wäre für Leonor. Ich gebe Gas und rase davon. Tränen laufen mir über die Wangen. Als ich nichts mehr sehe, halte ich endlich an. Es grenzt an ein Wunder, dass nichts geschehen ist. Aber ist das noch wichtig? Als ich wieder klar denken kann, bemerke ich die Geschäfte und Kneipen um mich herum. Ich bin im Zentrum. Wie in Trance steige ich aus und laufe Richtung ‚Ego-isst‘. Ich habe nichts mehr zu verlieren, also kann ich auch ganz offen mit Ludwig reden.

„Hey, kennen wir uns nicht?“, werde ich plötzlich angesprochen. Ich drehe mich um und sehe einen Mann. Lange fettige Haare, Löcher in den Klamotten, aber das Schlimmste ist, er stinkt, als hätte er sich tagelang nicht gewaschen.

„Ich glaube nicht, dass wir uns je begegnet sind“,

sage ich und laufe weiter.

Doch er hält mich am Arm fest. „Klar kennst du mich. Ist erst ein paar Wochen her, als wir was getrunken haben. Du warst ganz schön heiß auf mich."

Angewidert sehe ich ihn an. Ich hoffe, dass ich nie mit ihm im Bett war. Der Gedanke schüttelt mich, und ich ekle mich vor mir selbst.

„Lassen Sie mich los. Ich kenne Sie nicht!"

Sein Griff verstärkt sich. „Hör mal, Süße, du hast mich damals ganz schön angemacht. Jetzt kannst du es zu Ende bringen!"

„Ich weiß nicht, wovon Sie reden. Verschwinden Sie! Hauen Sie ab, sonst schreie ich!"

„Hab dich nicht so zickig. Komm her!" Er zieht mich an sich, um mich zu küssen. Doch im nächsten Moment ruckt er nach hinten und zieht mich mit, bis sein Griff endlich locker wird.

„Nehmen Sie die Finger von der Frau und verschwinden Sie?"

In dem Augenblick wird mir klar, was soeben passiert war. Jemand hatte diesen Kerl von mir weggezogen.

„Misch dich da nicht ein", brüllt dieser Widerling. „Das betrifft nur die Schlampe und mich!"

„Falsch. Jetzt geht es auch mich etwas an." Die Stimme gehört Ludwig. Er schiebt sich zwischen mich und dem Fremden. „Ich werde es nicht noch einmal sagen. Gehen Sie oder ich rufe die Polizei!"

„Ist eh Zeitverschwendung. Die lässt dich sowieso nicht ran!", zischt er hasserfüllt.

Erschöpft lehne ich meinen Kopf an Ludwigs Rücken. Ich atme seinen Geruch ein, was mir erneut Tränen in die Augen treibt. Hemmungslos weine ich los. Und das vor seinem Restaurant, mit dem ich so viele schöne Erinnerungen verbinde.

12

Nach dieser Nacht fiel es mir leichter, mich Ludwig gegenüber offener zu zeigen. Wir simsten miteinander, gingen zusammen aus, sprachen viel über uns, aber an der Haustür zog ich jedes Mal eine Grenze. Ich bat ihn nicht mehr herein und ging auch nicht zu ihm. Trotz meines Begehrens konnte ich ihn nicht näher an mich heranlassen.

Mitte Mai waren wir mit Freunden verabredet. Wir trafen uns im ‚Ego-isst'. Da ich erst noch die letzte Vorstellung abwarten musste, war ich die letzte, die eintraf. Ludwig hatte mir schon von seinen verschiedenen Freunden erzählt, die er während der Schulzeit, durch die Arbeit oder durch besondere Erlebnisse kennengelernt hatte. Obwohl ich ihn mir immer noch nicht beim Fallschirmspringen vorstellen konnte. Aber ich hatte die Fotos gesehen. Es stimmte. Leider hatte ich diese Menschen noch nie getroffen.

Um einen guten Eindruck zu hinterlassen, hatte ich mir extra Birgits Lieblingsbluse ausgeliehen. Sie war weiß mit einem durchgehenden goldenen Reißverschluss am Rücken, außerdem hatte sie einen kleinen Stehkragen, der vorne am Hals geschlossen war, so dass es artig wirkte. Darunter jedoch war ein großer ovaler Ausschnitt. Es wirkte immer sehr elegant, nur jetzt kam ich mir zu offenherzig vor.

Denn sobald ich das Restaurant betrat, verstummten die Gespräche an unserem Tisch, und alle blickten in meine Richtung. Wie ich diese Art von Aufmerksamkeit hasste. Ich hätte mich lieber still dazu gesetzt und nacheinander Kontakte geschlossen. So aber hieß es für mich, allen gleichzeitig gegenüberzutreten.

Ludwig kam mir entgegen und begrüßte mich kurz. Ihm war klar, dass ich jetzt keine lange Umarmung oder sogar Küsse vor seinen Freunden austauschen wollte.

Es war eine große Runde von elf Leuten, Pärchen und Singles. Ludwig stellte sie mir der Reihe nach vor, obwohl ich ihre Namen gleich wieder vergaß. Ich spürte wie sie mich neugierig begutachteten, aber sie ließen mich vorerst mit ihren Fragen in Ruhe. Allmählich nahmen sie ihre Gespräche wieder auf und Lachen erfüllte die Luft, als jemand erwähnte, wie Ludwig einmal in seiner Kellnerzeit einem Gast Bier in den Kragen schüttete.

Ludwig lachte lauthals mit. „Glücklicherweise bin ich ein besserer Koch als Kellner."

Er wandte sich mir zu. „Wie gehts dir? Willst du noch etwas essen? Wir sind schon fertig, aber ich schätze, du hast noch Hunger."

Ich schüttelte den Kopf und neigte mich zu ihm hinüber. „Nur trinken. Mir ist heute nach Cocktail. Wie ist der ‚Watermelon Man'?"

„So süß wie du."

„Hey, ihr Turteltauben, hebt euch das für später auf!", grölte jemand dazwischen.

„Ach, Hendrik. Halt die Klappe!", entgegnete eine Frau links von mir. „Du bist doch nur neidisch."

„Und ob. Erzähl mal Ludwig. Wo findet man denn so eine Schönheit?"

Ich spürte, wie ich rot wurde, und hätte mich am liebsten verkrochen. Der Abend fühlte sich beschissen an.

Ludwig blieb ganz ruhig. „Im Wald. Und wenn du jetzt nicht artig bist, werden wir dich wie Hänsel aussetzen."

„Ah, du kennst dich mit Märchen aus?"

„A propos Märchen", fiel ein dritter ihm ins Wort. „Habe ich euch schon erzählt, dass mein Sohn in der Theatergruppe seiner Schule mitspielen will? Er ist fasziniert von der bösen Fee in Dornröschen."

„Echt? Ist wohl der Einfluss seiner drei Schwestern. Meine Tochter ist auch dabei", entgegnete eine Rothaarige.

Die Stimmen erhoben sich und wir waren vergessen. Aus dem Augenwinkel sah ich noch, wie eine Frau auf Hendrik einredete und sein Bier außer Reichweite stellte.

„Tut mir leid", flüsterte Ludwig mir zu. „Normalerweise ist er ein anständiger Kerl. Andererseits hatte er auch Recht. Du siehst wunderschön aus. Ich freue mich, dass du hier bist."

„Ich mich auch."

„Kommst du heute Nacht mit zu mir?", raunte er in mein Ohr.

Ich zuckte die Schultern. „Abwarten."

„Nein, Isa. Spiel nicht mit mir. Nicht heute. Es ist mir Ernst, und das weißt du."

„Ich weiß, aber ich habe Angst."

„Wovor?"

Ich blickte mich am Tisch um. Zu viele Fremde saßen um uns herum, um das zu beichten. „Lass uns gleich gehen."

Wir liefen schweigend zur Straßenbahn. Da wir beide getrunken hatten, war das die beste Option nach Hause zu kommen. Die frische Luft tat mir gut, denn ich spürte, dass der zweite Cocktail zu viel war.

Sobald wir in der Bahn saßen, schaute Ludwig mich fragend an. Aber ich wollte immer noch nichts erzählen.

„Reden oder küssen?", fragte er schmunzelnd. Seine Hand lag dabei schon erwartungsvoll auf meinem Oberschenkel.

Seine Küsse hatten mir den ganzen Abend schon gefehlt, da fiel mir die Entscheidung nicht schwer. Ich blickte mich schnell um, und bemerkte, dass wir allein waren.

Meine Lippen trafen die seinen, was Antwort genug war. Wir fingen langsam an, steigerten uns aber schnell. Ich war gierig und wild. Nicht reden, nicht erklären, nicht denken. Meine Hemmschwelle sank durch den Alkohol. Und so passierte es, dass ich mich plötzlich rittlings auf Ludwig setzte und eng an ihn schmiegte. Seine Hände glitten über meinen Hintern und packten zu. Ich zuckte überrascht zusammen, wodurch ich die Augen aufschlug und wieder gewahr wurde, dass wir in der Bahn saßen.

Zweifelnd löste ich mich von ihm. Knutschen in der Öffentlichkeit? Davor hatte ich mich früher immer gescheut. Ich wollte nie vor Fremden meine Gefühle zeigen. Erstaunlicherweise war mir das mit Ludwig egal. Für ihn schien es selbstverständlich zu sein.

„Wer hätte gedacht, dass so eine Wilde in dir steckt?", neckte er mich.

„Das liegt wohl an dir. Du hast mein zweites Ich geweckt."

„Und kommt dein zweites Ich heute mit zu mir?"

Ich schaute ihn nervös an.

„Jetzt sehe ich die alte Isa wieder, skeptisch, ängstlich. Und deine Augen sehen aus, als ob ein Schleier darüber liegt. Du ziehst dich vor mir zurück."

Ich lehnte meine Stirn an seine, um ihn zu spüren, aber dennoch nicht ansehen zu müssen.

„Das stimmt nicht ganz. Ich genieße es bei dir zu sein und ich möchte wahnsinnig gern mit dir schlafen, aber..." Ich holte tief Luft. „Aber ich hänge jetzt schon zu sehr an dir und ich habe Angst mich dadurch ganz zu verlieren."

Hörbar atmete Ludwig aus. Als ich ihm wieder in die Augen blickte, sah ich Erleichterung darin.

„Ich liebe dich, Isa. Und das möchte ich dir gern auf unzählige Arten zeigen. Aber du bleibst dennoch Du. Etwas anderes möchte ich gar nicht. Bleib ernst und nachdenklich, sei wild und verführerisch. Verbring deine Zeit ruhig ohne mich, und komm dann wieder zu mir zurück."

„Immer", hauchte ich.

„Du kommst also heute mit?"

„Wir sind doch schon unterwegs."

„Dann sollten wir jetzt aussteigen."

„Schon da?"

„Wir sind schon zu weit gefahren", lachte er. „Ich wollte dich vorhin nur nicht unterbrechen."

„Du Schuft", entgegnete ich scherzhaft.

Wie liefen Hand in Hand ein paar Stationen zurück. Die Nacht war mild. Es war still um uns herum. Auch wir sprachen kein Wort. Ich genoss seine Nähe und war glücklich.

Seine Wohnung lag im Hochparterre in einem alten Backsteinhaus. Die Eingangstür war dunkel gestrichen, passend zu den hölzernen Fensterläden, die Sicht- und Sonnenschutz boten. Auch das Treppenhaus war dunkel in rotbraun und grau gehalten. Ludwigs Wohnung war dagegen gegensätzlich in weiß und beige gestrichen mit hellen Olivtönen in der Küche. Sein Reich. Eigentlich bestand sein Zuhause nur aus zwei kleinen Räumen, Bad und Schlafzimmer, und dieser großen Wohnküche. An der linken Seite reihten sich Küchenschränke aneinander, darüber ein Regal mit Wodka und Rum, Gin und Brandy, Aperol und Curacao, und unzähligen anderen Flaschen in verschiedenen Farben, dezent von unten beleuchtet.

An der rechten Seite gab es eine Sitzecke, bestehen aus Sofa, Sesseln und jeder Menge Sitzsäcke um einen niedrigen Tisch verteilt. Aber dominiert wurde der Raum durch die Kochinsel in der Mitte. Die angrenzende Arbeitsfläche war groß genug zum Zubereiten und gemütlich dabeisitzen. Deshalb standen auch einladend Barhocker davor.

Während ich mich fasziniert umschaute, trat Ludwig hinter mich, schob meine Haare zur Seite und küsste meinen Nacken. Seine Finger öffneten den Reißverschluss meiner Bluse und fuhren dabei zärtlich meinen Rücken hinab.

Ich schloss die Augen und genoss seine Berührungen. Meine Bluse glitt von meinen Schultern, gefolgt von den passenden Dessous. Ich drehte mich um und suchte seinen Mund. Stürmisch stillte ich meine Sehnsucht nach ihm.

Meine Hände machten sich selbständig und zerrten an seinen Klamotten, bis er nackt vor mir stand. Ich spürte seine Haut an meiner, seine kräftigen Hände, die den Rest meiner Sachen über meine Hüften schoben und mich hochhoben. Ich klammerte mich an ihn, während er mich quer durch den Raum trug. Küssend landeten wir auf dem Sofa. Wir liebten uns schnell und wild, als hätten wir nicht genug Zeit. Er flüsterte mir Worte ins Ohr, die ich in meiner Ekstase kaum verstand. Ich gab mich einfach seinem Rhythmus hin, bis wir befriedigt liegen blieben.

Ludwig drehte sich zur Seite und schaute mich an. Wie er so entspannt da lag, weckte er die Neugier in mir und ich begann seinen Körper zu erkunden. Ich fuhr mit meinen Fingerspitzen Narben nach, küsste Leberflecken, kitzelte seine Seiten, liebkoste seinen Bauchnabel.

„Was machst du?", stöhnte er.

„Ich erforsche dich."

„Gönn mir noch ein paar Minuten."

„Soviel du willst. Ich mach ja gar nichts." Spielerisch strich ich seine Schenkel hinauf.

„Nichts fühlt sich anders an." Er setzte sich auf und zog mich auf seinen Schoß. „Beenden wir das Spiel von vorhin."

Langsam und zärtlich ging es diesmal voran. Wir entdeckten uns, pausierten, schöpften Atem, um dann erneut zu beginnen. Gegen morgen kamen wir erst zur Ruhe und schliefen eng umschlungen ein.

Nach ein paar Stunden wachte ich erschrocken auf. Ich hatte Arno versprochen, heute bei ihm vorbeizuschauen. Behutsam stand ich auf, darauf bedacht, Ludwig nicht zu wecken. Er lag so nah am Rand, dass ich befürchtete, er würde runter fallen. Der Gedanke brachte mich zum Kichern. Ludwig bewegte sich.

„Bleib", murmelte er im Schlaf.

Ich küsste seine Stirn und verschwand im Bad. Geduscht und angezogen verließ ich wenig später die Wohnung. Für Ludwig hinterließ ich frischen Kaffee neben einem Zettel, der besagte, wo er mich abends finden würde. Ich wollte ihn nicht ohne Nachricht zurücklassen.

Von dieser Nacht an sahen wir uns fast täglich. Wir waren zusammen. Wir waren glücklich. Bis August.

13

Ich weiß nicht, wie viel Zeit vergangen ist, seit dieser Widerling verschwand. Reglos stehe ich da, während mir die Tränen über meine Wangen laufen. Ludwigs Stimme dringt dumpf zu mir durch. Es dauert, bis ich bemerke, dass er mich anspricht. Besorgt schaut er auf mich herab.

„Isa? Es ist gut. Er ist weg. Dir passiert nichts."

Verständnislos blicke ich in seine Augen. Es tut so weh, ihn wiederzusehen. Schon wieder muss ich schluchzen. Und als er mich tröstend in seine Arme zieht, ist es um meine Fassung geschehen. Meine Beine geben unter mir nach und ich klammere mich Halt suchend an ihm fest.

So stehen wir endlos lange, bis ich mich beruhige. Ich will mich nicht von ihm lösen, doch ich habe das

Gefühl, beobachtet zu werden. Ludwigs Kollegen, die immer wieder einen Blick zu uns werfen. Stammkunden, die an uns vorbeigehen. Ich war früher so oft hier, dass viele mich wieder erkennen.

Ohne ein Wort zu sagen, führt Ludwig mich die Straße entlang, durch Seitenstraßen und Gassen, bis wir an einer Gärtnerei ankommen. Das Tor ist zu unserem Glück nicht verschlossen, obwohl alles menschenleer scheint. Wir gehen langsam weiter, passieren Obstbäume und Ziersträucher. Rosenstöcke stehen in einer Gruppe zusammen und wetteifern mit ihren Farben um den ersten Platz. Lavendel streift meine Hüfte, wodurch sofort die Luft mit dessen Duft erfüllt ist.

An einer Bank halten wir an. Still sitzen wir nebeneinander. Ich will nicht reden, nur den Moment genießen. Die Sonne ist inzwischen untergegangen. Über uns sehe ich vereinzelt Sterne, doch langsam schieben sich Wolken darüber.

„Es ist seltsam", fängt Ludwig leise an. „Fünf Jahre sehe ich dich nicht. Und jetzt schon das zweite Mal innerhalb kürzester Zeit. Und stets erscheinst du mir unglücklich."

„Verständlich nach dem, was gerade passiert ist."

„Nein. Da ist noch mehr, oder?"

Ich zögere. „Kann sein."

Abwartend lehnt Ludwig sich nach vorn, die Arme auf seinen Beinen abgestützt.

„Ich weiß nicht, wo ich anfangen soll."

„Sag einfach, was dir zu erst einfällt."

‚Ich liebe dich‘, schießt mir sofort durch den Kopf. ‚Ich vermisse dich. Ich will dich. Du hast Mist gebaut.‘ Aber nichts davon spreche ich aus.

Da ich stumm bleibe, fährt Ludwig fort: „Ich habe diesen Ort vor zwei Jahren entdeckt, als ich auf der Suche nach irgendsoeiner blauen Pflanze war, von der Leonor immer sprach. Ich wollte sie ihr zum Geburtstag schenken. Wie sich herausstellte, war es eine Zwerg-Palme, die mittlerweile viel zu groß für unseren Balkon geworden ist. Der Name war irreführend."

Ich sehe, wie er verträumt lacht.

„Jedenfalls hat mir ein Freund diese Gärtnerei empfohlen. Seitdem bin ich öfter hier. Ich habe sogar mein Wissen über Pflanzen vermehrt. Auch über Birken und deren Wurzeln."

Er zeigt an mir vorbei. „Da hinten steht sogar eine."

Ich folge kurz seinem Wink, schaue aber gleich wieder starr gerade aus, ohne zu reagieren. Dennoch spüre ich das erwartungsvolle Schweigen von ihm.

„Du hast damals nicht auf meine Anrufe reagiert", versucht er erneut ein Gespräch in diese Richtung zu bringen. Aber ich will die alten Gefühle nicht noch mehr aufwühlen. Noch schlimmer, ich fühle, wie ich wieder in die Rolle der alten Isa rutsche. Ich habe lange gebraucht, um zu lernen, jedem Parole zu bieten, selbst bei Georg nahm ich kein Blatt vor den Mund. Doch Ludwig bringt mich dazu, zu schweigen und wieder in mich zu verkriechen. Eine Situation in der ich mich selbst nicht mag.

„Ich habe Georg verlassen!", platzt es aus mir heraus. „Georg, meinen Mann, den du im ‚Ego-isst' gesehen hast."

„Bereust du es?"

„Nein. Warum sollte ich?"

„Sag du es mir. Schließlich trauerst du. Aber als ich euch zusammen sah, wirkte er wie ein Mann mit seinem Besitz. Die Frau, die ich kennengelernt hatte, war mehr als eine leere Hülle. Viel mehr."

„Die Zeit kann einen Menschen verändern."

„Nur wenn du es zu lässt. Was hat er mit dir gemacht?"

„Nichts, was ich nicht auch wollte." Ich merke, wie mein Trotz sich Bahn bricht und kämpfe dagegen an. „Es war eine schwere Zeit. Damals. Und es tat gut, dass er da war. Aber ich bin nicht so kultiviert wie er es gerne hätte. Ich habe es ewig versucht, habe mich verbogen und vergessen, und dennoch keinen von uns beiden glücklich gemacht. Ich habe nicht gehalten, was ich ihm bei der Trauung versprochen hatte."

„Hast du dir gerade selbst zugehört? Du scheinst für alles, dir die Schuld zu geben. Du bist ein wunderbarer Mensch, Isa, und wenn er das nicht sieht, dann war die Entscheidung, ihn zu verlassen, genau richtig. Weine nicht mehr um ihn. Nur um die Person, die verloren ging, solltest du dich jetzt kümmern. Um dich selbst."

„Aber ich bin allein", wage ich den Schritt in seine Richtung.

„Du hast genügend Freunde, die dir beistehen. Wie ich Birgit kenne, schläft sie deinetwegen neben dem Telefon."

„Bestimmt", traurig lächelnd stimme ich zu. Ich hatte auf eine andere Antwort gehofft.

„Dann wird bestimmt alles gut. Ich muss jetzt los. Du kannst hier gerne noch bleiben. Es ist schön ruhig, bestens geeignet zum Nachdenken."

Mit diesen Worten steht er auf und blickt sich müde um. Er scheint zu schwanken zwischen Gehen und Bleiben. Schnell helfe ich ihm bei seinem Entschluss, indem ich nachhake: „Hast du denn Probleme? Bist du deshalb oft hier?"

„Nein. Eigentlich nicht. Die letzten Wochen waren seltsam. Es gab Unstimmigkeiten zwischen mir und meiner Frau. Falsche Verdächtigungen. Ein paar Tage bin ich Leonor sogar aus dem Weg gegangen, bis wir uns wieder ausgesprochen hatten. Es war wie ein schwebendes Misstrauen zwischen uns, aber es gab keinen greifbaren Grund dazu. Nur seltsame Anrufe, bei denen Leonor behauptete, es wären Streiche gewesen. Doch manchmal schleicht sich bei mir der Gedanke ein, dass da mehr ist. Dass sie ..."

Ludwig beginnt hin und her zu laufen, ruhelos und aufgewühlt, ohne jedoch weiterzusprechen. Es tut mir leid, ihn so durcheinander zu sehen, aber das ist genau der richtige Zeitpunkt für mich, den Spalt zwischen den Beiden zu vergrößern.

„Habt ihr euch deshalb getrennt?", frage ich scheinheilig.

„Wieso getrennt? Natürlich nicht. Wir haben letzten Monat erst geheiratet."

„Oh, das tut mir leid. Nicht die Hochzeit. Das war jetzt unglücklich ausgedrückt. Ich wollte euch nicht unterstellen, dass ihr getrennt wäret. Es ist nur so ..." Ich lege eine kleine Pause ein, um den nächsten Satz richtig zur Geltung zu bringen. „Ich habe Leonor heute Abend im ‚Milano' gesehen. Nicht allein. Ehrlich gesagt, kamen sie mir ziemlich vertraut vor. Aber vielleicht hat es gar nichts zu bedeuten. Hatte sie nicht einen Bruder?", versuche ich meine eigene Lüge abzuwiegeln.

„Eine Schwester."

Langsam beginne ich zu stammeln. Ich muss es

noch nicht einmal vortäuschen, da ich wirklich nicht mehr weiss, was ich ihm sagen soll. „Es tut mir leid. Ich hätte es dir nicht erzählen dürfen. Sie hat bestimmt eine Erklärung dafür."

„Ja." Ludwig sieht mich traurig an. „War schön, dich zu treffen. Melde dich, wenn du jemanden zum Reden brauchst."

„Du auch. Bitte."

Ich will auf ihn zugehen, aber diesmal ist er es, der zurückweicht. Ohne weiteren Gruß lässt er mich einsam zurück.

Es dauert lange, bis ich mich dazu durchringen kann, die Gärtnerei zu verlassen. Die Schönheit der Pflanzen lässt mich diesmal kalt. Eigentlich sollte ich mich freuen über meinen Sieg. Ich bin meinem Ziel so nah, aber dennoch schnürt es mir die Kehle zu, wenn ich daran denke, wie sehr ich Ludwig verletzen musste.

Am nächsten Morgen ist mein erster Gedanke, mich bei Ludwig zu melden, um auf sein Angebot bezüglich Georg zurückzukommen. Auch wenn ich keine Lust habe, über meine Ehe, die ich gedanklich schon abgehakt habe, zu reden, wäre es eine gute Gelegenheit, Ludwig auf meine Seite zu ziehen. Weg von Leonor. Aber letztendlich zügle ich mich doch. Mich jetzt zu sehr aufzudrängen, könnte das genaue Gegenteil bewirken.

Ich versuche mich abzulenken, indem ich in der Küche rumhantiere, um Arno als Dankeschön einen Kuchen zu backen. Langsam fällt mir die Decke auf den Kopf. Ich bin erst seit vier Tagen zu Hause, aber ohne Freunde und Arbeit weiß ich nichts mit mir anzufangen. Dennoch wage ich es nicht, vor die Tür zu gehen. Erst gestern habe ich wieder Georgs Wagen vorbeifahren sehen, sodass ich mich gezwungen sah, ihn endlich anzurufen. Ohne ihn zu Wort kommen zu lassen, sagte ich ihm die Wahrheit. Ich bin für immer ausgezogen und werde die Scheidung einreichen. Er kann alles behalten, wenn er mich ab sofort in Ruhe lässt. Nun hoffe ich, dass Georg mich verstanden hat.

Arno respektiert glücklicherweise meine Zurückgezogenheit. Er weiß, das ich von selbst reden werde, wenn ich so weit bin. Ich war als Kind schon so, und bis jetzt hat sich nichts daran geändert.

Ein Piepen holt mich aus meinen Gedanken zurück in die Küche. Das Handy in meiner Hand zeigt mir an, dass eine Nachricht eingegangen ist. Von Ludwig. Hektisch öffne ich sie und überfliege den Inhalt. Ich lese es ein zweites Mal, um mir sicher zu sein, dass ich es richtig verstanden habe.

Halte es zu Hause nicht mehr aus. Dicke Luft. Können wir uns treffen?

Ich blicke mich in der Küche um. Der Kuchenteig ist noch nicht fertig verrührt, aber zum Wegschmeißen wäre es zu schade. Also zu Ende backen und aufräumen. Und so lange auf Ludwig warten? Nein!

Kann hier nicht weg. Kommst du her? Nordplatz 53. Bei Naumann.

Bin in einer Stunde da.

Überglücklich tanze ich durchs Zimmer. Die Musik drehe ich lauter. Es kribbelt am ganzen Körper und ich wirble weiter, bis mir schwindlig ist. Lachend lande ich auf dem Sofa. Es fällt mir schwer meine Gedanken zusammen zu nehmen. Irgendetwas wollte ich doch tun.

Durch den Lärm der Musik nehme ich ein anderes Geräusch war. Es klingelt. Überrascht schaue ich auf die Uhr. Er ist zu früh. Ein gutes Zeichen, oder?

Schnell drehe ich die Lautstärke runter, während ich zur Tür laufe und diese öffne.

„Hallo. So eine schwungvolle Begrüßung hatte ich gar nicht erwartet. Solltest du nicht krank im Bett liegen?"

Erschrocken schaue ich in Karls lachendes Gesicht.

„Was machst du hier"

„Krankenbesuch. Anscheinend hast du nicht mit mir gerechnet. Schade." Erwartungsvoll schaut er mich an. „Darf ich hereinkommen?"

„Nur kurz. Ich bin beschäftigt."

„Mit Backen wie ich sehe. Dein Gesicht ist voll Mehl." Sein Daumen streicht über meine Wange, um die Spuren meines Tuns zu beseitigen.

Ich wende mich von ihm ab in Richtung Küche. Schließlich wartet dort noch jede Menge Arbeit auf mich, zu der ich überhaupt keinen Elan mehr habe. Karl folgt mir.

„Ich habe dir etwas mitgebracht. Um gesund und glücklich zu werden." Unbeholfen stellt er einen kleinen Karton auf die Arbeitsfläche, gefüllt mit Orangen und Schokolade. Das ist süß von ihm.

„Danke", sage ich lächelnd.

„Kein Problem. Ich halte nichts davon, Kummer mit Alkohol zu betäuben. Wie geht es dir?"

„Gut. Ich langweile mich etwas."

„Ah. Deshalb dieser klägliche Versuch zu backen."

„Wieso kläglich? Der Kuchen muss nur noch in den Ofen."

„Wirklich? Der Teig sieht etwas zu dick aus. Darf ich dir helfen?"

„Tu dir keinen Zwang an."

Ich setze mich an den Küchentisch, auf dem eine angebrochenen Flasche Rotwein steht, und schaue Karl zu, wie er mit Milch und irgendwelchen Zutaten, die er aus Arnos Schrank kramt, den Teig cremig rührt, abschmeckt und im Backofen verschwinden lässt.

„Hat Georg sich gemeldet?", fragt er mich währenddessen.

„Seit gestern habe ich nichts mehr von ihm gehört."

„Das klingt doch gut. Es wird besser werden mit der Zeit. Willst du hier wohnen, bis du etwas eigenes gefunden hast? Du weißt, du kannst jederzeit zu mir kommen, wenn du dich wieder langweilst. Ich würde mich freuen."

„Ich weiß. Aber ich will nicht von einem Mann zum nächsten."

Karl kommt zu mir und umfasst mich leicht mit seinen Armen. „Warum hast du mit mir geschlafen? Warum hast du dich überhaupt auf mich eingelassen?"

„Weil es mir egal war, wo ich war. Hauptsache nicht bei Georg."

„Und jetzt?"

„Jetzt weiß ich nicht mehr, was ich will", lüge ich ihn an.

Er hält mich immer noch fest, versucht jedoch nicht näher zu kommen. Er wartet einfach nur ab.

Ich stehe da und schaue ihn an. Zum ersten Mal stelle ich fest, dass seine Augen genauso dunkel sind wie seine Haare, seine Augenbrauen dicht, seine Lippen geschwungen, die obere sogar voller als die untere. Die aufgeplatzte Stelle, die er Georg verdankt, ist immer noch sichtbar, aber nicht mehr geschwollen.

Ich beuge mich vor und küsse vorsichtig diesen wunden Punkt, ohne Hintergedanken, ohne Spiel. Ich selbst habe den Wunsch und das Verlangen ihn zu berühren. Ich denke nicht darüber nach, was diese Gefühle bedeuten. Zu kompliziert würde alles werden. Karl tut nichts, aber ich spüre, wie seine Hände den Druck verstärken.

Ich küsse ihn ein zweites Mal, ein drittes, erst dann erwidert er meine Liebkosung auf eine Art, die er bis jetzt noch nicht gezeigt hatte. Zärtlich und neckend knabbert er an meinen Lippen, bis seine Zunge ins Spiel kommt. Er schmeckt nach Lust und Verheißung. Es fühlt sich richtig an, gleichzeitig aber auch falsch.

,Was mache ich hier? Ich erwarte Ludwig. Er wollte kommen, freiwillig, ohne Zwang. Das ist es doch, worauf ich die letzten Wochen gewartet habe. Darum habe ich gekämpft. Nicht um jetzt zu zweifeln. Scheiße!'

Fast panisch schiebe ich Karl von mir weg. „Du solltest gehen. Geh bitte. Sofort."

Ich ignoriere seinen verwunderten Ausdruck und eile in mein Zimmer. Vor den Männern meines Lebens wegzurennen, beherrsche ich anscheinend perfekt. Aber ich kann mich nicht der Verantwortung stellen und Karl die Wahrheit sagen. Wer will schon hören, dass er nur benutzt wurde? In seinem Fall hieße es sogar, dass er nie eine Chance hatte. Dass ich alle Möglichkeiten ignoriere, die machbar wären. Denn gleichgültig ist er mir nicht mehr, wie ich langsam begreife. Aber ich kann ihn wieder vergessen. Und die Person, die mir dabei hilft, die ganz allein zählt, wird gleich hier sein.

Als ich höre, wie die Tür ins Schloss fällt, komme ich wieder aus meinem Zimmer, wie ein kleines Mädchen, das froh ist, wenn die Eltern aus dem Haus sind, und beginne, die Küche aufzuräumen. Der Duft des Kuchens steigt mir dabei in die Nase, was sofort Bilder von Karl heraufbeschwört. Wütend drehe ich die Temperatur hoch. Soll er doch verbrennen.

Kurz darauf taucht Ludwig auf, pünktlich wie immer. Daran hätte ich vorhin denken sollen. Dann hätte ich die Tür nicht geöffnet.

Ludwig begrüßt mich freundlich, aber ohne Körperkontakt. Er wirkt müde und gequält. Augenringe dominieren sein Gesicht und lassen seine Augen noch kleiner erscheinen.

„Soll ich dir einen Kaffee kochen?", biete ich an, während ich ihn auch schon in die Küche führe.

Kraftlos lässt sich Ludwig auf einen Stuhl nieder und beobachtet mich. Ganz nebenbei schaltet er den Herd aus.

„Der Kuchen wird schon dunkel. Dein Talent zum Backen hat sich noch nicht verbessert, oder?"

Es sollte lustig gemeint sein, kommt aber genauso bedrückt herüber wie Ludwig wirkt. Seine Melancholie ist ansteckend. Ich merke, wie es mich hinunterzieht, kann aber nicht dagegen steuern. Zuviel ist heute schon passiert.

Ich lasse das Kaffee kochen sein, stelle stattdessen zwei Weingläser auf den Tisch, verteile die angefangene Flasche und hole die nächste zu uns.

„Ich schätze, dir geht es jetzt so wie mir."

„Nicht annähernd. Sei mir bitte nicht böse, aber du kannst meine Situation nicht mit deiner vergleichen. Du hast deinen Schritt lange überlegt und dich entschieden. Du hast richtig gehandelt. Was zwischen mir und Leonor geschieht, kann ich nicht sagen."

„Wieso nicht? Was ist los?"

„Ich konnte nicht glauben, was du mir erzählt hast, und wollte Leonor auch nicht danach fragen, aber sie wirkte so gereizt als ich nach Hause kam und wollte wissen, wo ich so lange war. Da platzte mir heraus, dass sie mit einem Fremden im ‚Milano' gesehen wurde."

Ludwig trinkt einen Schluck, bevor er weiterspricht. Mein Glas hatte ich schon längst in einem Zug gelehrt und neu gefüllt.

„Leonor hat es natürlich geleugnet. Sie wäre zu einem Elterngespräch gewesen, das aber ausfiel. Ich habe ihr geglaubt. Vielleicht hast du dich geirrt und sie verwechselt. Dann fiel mein Blick jedoch auf einen Blumenstrauß, der diese Woche für sie abgegeben wurde, und als Krönung hat ihr Liebhaber auch noch eine eindeutige Nachricht auf unserem Anschluss hinterlassen. Ich habe ihr alles an den Kopf geknallt, und sie schrie zurück, dass ich mir alles falsch zusammen reimen würde. Wer mir diesen Scheiß eingeredet hätte. Keine Angst, ich habe dich nicht erwähnt. Sonst hätte sie den Spieß nur umgedreht." Er schaut mich ernst an. „Du hast sie doch gesehen?"

„Natürlich, aber ich hätte nicht gedacht, dass es dich so zerstört. Als ich sie sah, dachte ich, es wäre längst aus zwischen euch."

„Tja, das ist es wohl jetzt. Wir haben die ganze Nacht gestritten. Ich wollte nur noch raus und den Kopf frei bekommen. Ehrlich gesagt, bin ich seit heute früh nur durch die Gegend gefahren. Habe über die letzte Zeit nachgedacht. Da war nichts gewesen, was sie verraten hätte. Erst nach unserer Hochzeit fing es an. Ich bin zu keiner Lösung gekommen und da dachte ich, du, als Unbeteiligte, könntest mir zuhören und helfen."

‚Und wie ich das kann', lächelte ich in mich hinein. ‚Ich werde dir den richtigen Weg zeigen.'

Ich nehme wieder einen großen Schluck und bitte Ludwig mir der Reihe nach zu erzählen, was alles vorgefallen sei. Er schildert mir alles: Anrufe, SMS und Zustellungen, von denen ich längst weiß, so dass ich nur halb hinhören muss. Ich setze ein ernstes Gesicht auf, obwohl ich erfreut darüber bin, dass mein Plan funktioniert hat.

„Du hast Recht. Es scheint, als hätte sie einen Geliebten. Zu dem Schluss wäre ich auch gekommen. Was wirst du jetzt tun?"

„Ich weiß es nicht", seufzt er.

Ich zwinge mich dazu, ruhig zu bleiben und wäge meine Worte sorgfältig ab. Er soll von sich aus das Richtige tun.

„Vielleicht solltest du erstmal etwas Abstand zwischen euch bringen. Warte ab, wie sie reagiert."

Erneut fülle ich unsere Gläser und trinke zügig.

Ludwig tut es mir gleich. „Die alte Isa würde uns jetzt einen Vortrag halten."

„Die alte Isa hat auch nicht alles richtig gemacht."

„Du warst vernünftig", erwidert er.

„Nicht bei einer Sache. Vielleicht war es damals ein Fehler, dich gehen zu lassen."

Wir schauen uns an. Zu lange für mein Gefühl. Ich will ihm nicht, die Möglichkeit geben, sich zurückzuziehen. Ich setze alles auf eine Karte, trinke mir noch mehr Mut an und sage zittrig: „Es war falsch."

Schon im nächsten Moment bin ich bei Ludwig, ziehe ihn an mich, um ihn nie wieder gehenzulassen. Ich bedecke sein Gesicht mit unzähligen Küssen, was er willenlos geschehen lässt. Erst als ich schmerzhaft zubeiße, reiße ich ihn aus seiner Lethargie.

„Isa!", setzt er an, doch ich verschließe seinen Mund mit meinem.

„Lass es zu", raune ich. „Es ist richtig."

„Du hast zuviel getrunken", versucht er mich zu besänftigen.

„Nicht dafür."

Schwankend ziehe ich ihn mit mir in mein altes Zimmer, verschließe die Tür und stürze mich wie ein Raubtier auf ihn. Dieser Akt hat nichts gemein mit meinen alten Erinnerungen. Schnell und hart fallen wir übereinander her, ohne uns die Zeit zu nehmen, uns vollständig auszuziehen. Es ist die pure Verzweiflung, die uns antreibt, aus vollkommen unterschiedlichen Gründen. Ich spüre Ludwig überdeutlich, dennoch weiß ich, dass er nicht er selbst ist. Laut schreiend, um all meinen Gefühlen Herr zu werden, treibe ich ihn zum Höhepunkt.

Dann liegen wir nur noch still da. Ich halte Ludwig fest, gebe ihm die Sicherheit, die ich selbst gerade brauche. Ich hoffe auf mehr, hoffe auf Worte von ihm, die mich trösten und sagen, dass ich Recht hatte, dass er nur für mich existiert. Doch es herrscht Stille.

Nach einer Ewigkeit setzt Ludwig sich auf.

„Es tut mir leid, Isa. Ich hätte das nicht zulassen dürfen." Verlegen schaut er mich an.

„Ich wollte es. Ich will dich."

„Es tut mir leid", wiederholt er. „Ich liebe Leonor. Ich muss versuchen, unsere Ehe zu retten."

„Sie hat dich betrogen!", schleudere ich ihm entsetzt entgegen.

Verloren schaut er mich an. „Das habe ich auch gerade. Und bei mir weiß ich mit Sicherheit, dass es wahr ist. Bei ihr nicht."

„Dann war ich also nur ein Mittel zum Zweck?" Wütend steige ich aus dem Bett.

„Nein. Du warst da, weil ich jemanden brauchte. Nicht zum Sex, versteh das nicht falsch. Ich bereue es auch nicht, aber wir hatten unsere Chance. Es ist vorbei."

„Es muss nicht vorbei sein. Du hast Leonor schließlich auch eine zweite Möglichkeit eingeräumt." Ich merke, wie ich zu betteln anfange, und schäme mich vor mir selbst, aber ich kann jetzt nicht aufgeben. Ich will Ludwig immer noch zurückhaben. „Ein letzter Vorschlag. Geh zu ihr nach Hause und komm morgen zu mir an unseren Bach. Dann kannst du dich entscheiden. Denk darüber nach. Bitte."

„Was soll das bringen? Ich werde meine Meinung nicht ändern."

„Tu es mir zu liebe. Zum Abschied. Danach lass ich dich in Ruhe, wenn du es wirklich willst."

„Du machst es dir nur selber schwer. Aber wenn es dein Wunsch ist, bin ich nachmittags da."

„Ja."

„Ich gehe dann wohl besser. Leonor wollte gegen drei im ‚Ego-isst' vorbeikommen."

„Ich kann den Namen nicht mehr hören", murmle ich verärgert, während ich Ludwig zur Tür bringe. Ich schließe diese schnell hinter ihm, damit er nichts mehr erwidern kann.

Für den Rest des Tages verkrieche ich mich im Bett, leere die Rotweinflasche und wache verkatert mitten in der Nacht auf. Mühsam schleppe ich mich in die Küche, um mir ein Glas Wasser zu holen, als ich das Licht im Wohnzimmer bemerke. Nur die kleine Tischlampe brennt und spendet Arno, der schlafend im Sessel sitzt, schwaches Licht.

„Setz dich zu mir", fordert er mich auf. Seine Augen sind immer noch geschlossen, aber er scheint hellwach zu sein, da er mein Zögern bemerkt. „Komm. Setz dich! Hier, das wirst du brauchen." Er bringt mit einer Handbewegung eine Flasche Wasser zum Vorschein. Seine Flasche, die immer griffbereit neben ihm steht.

„Woher weißt du das?"

„Ich habe das Chaos in der Küche gesehen. Und die Anzahl der leeren Flaschen nimmt jeden Tag zu. Obwohl ich nicht verstehe, woher sie kommen, da du das Haus nicht verlässt."

Schuldbewusst schaue ich zu Boden. Ich weiß nicht, wie ich es ihm erklären soll.

„Ich weiß", fährt er fort, „ich bin nicht dein Vater. Aber seit Roland gegangen ist, warst du oft hier. Ich habe dir geholfen, wenn du es wolltest, und ich habe dich in Ruhe gelassen, wenn du Abstand brauchtest. Aber ich habe mich nie in dein Leben eingemischt. Und ich habe dir nie gesagt, was du mir bedeutest."

Ich schaue hoch und begegne seinem Blick, der verlegen auf mir ruht.

„Du warst immer wie eine Tochter für mich. Ich habe dich aufwachsen sehen. Und ich bin stolz auf dich, wie du dein Leben gemeistert hast, trotz deiner Mutter. Sie hat dich geliebt. Ich weiß nicht, ob sie es dir je gesagt hat. Leider habe ich es nie getan."

„Aber das musst du doch nicht", stammle ich und merke, wie meine Augen feucht werden.

„Doch, es ist wichtig für mich. Und für dich. Ich habe dich lieb, Isa. Mein Bruder hat einen großen Fehler gemacht, dich im Stich zu lassen. Du warst ein tolles Kind und bist jetzt eine starke Frau. Ich wäre stolz, dein Vater zu sein."

Schluchzend falle ich ihm um den Hals. „Ich hab dich auch lieb."

„Ich weiß." Unbeholfen tätschelt er meine Rücken. „Und jetzt hör mir zu. Ich mache mir Sorgen um dich. Diese Trennung nimmt dich mehr mit, als ich dachte. Und wer dieser andere Mann ist, der vor kurzen hier war, geht mich nichts an, aber du darfst dich nicht selbst zerstören."

„Das tue ich doch gar nicht."

„Doch! Du ziehst dich zurück und trinkst."

„Ja und nein." Ich trockne meine Augen mit dem Ende meines Shirts. „Es geht mir schon besser. Und ich habe ein Ziel. Das treibt mich an. Du brauchst keine Angst zu haben, ich rapple mich wieder auf. Versprochen."

„Das klingt gut. Wenn du Hilfe brauchst, bin ich für dich da. Hab keine Angst zu fragen."

Arno erhebt sich aus seinem Sessel. „Schlaf gut, mein Mädchen. Und trink dein Wasser. Mit Katern kenn ich mich aus." Zwinkernd verlässt er das Zimmer, um seinen fehlenden Schlaf nachzuholen.

Samstag nachmittag parke ich meinen roten Smart auf meinem altbekannten Parkplatz. Fünf Jahre sind seit unserem ersten Zusammenstoß vergangen, aber hier hat sich nichts verändert. Der Platz, vor Ewigkeiten vielleicht mal eine große Wiese, ist immer noch kahl und plattgefahren. Spurrillen haben sich tief in den Boden eingeprägt. Bei Regen füllen sie sich mit Wasser, heute jedoch sind sie steinhart und trocken. Die Sonne scheint heiß herab und verwandelt mein Auto in einen Backofen.

Ich steige aus, hole den Picknickkorb und meine Decke aus dem Kofferraum und gehe den mir bekannten Weg bis zur Abzweigung, die mich direkt zu dem Bach bringt, den Ludwig mir damals zeigte. Das Wasser ist klar und fließt langsam, umspült die darin liegenden weißen und braune Steine, formt und glättet sie, so dass verschieden Formen entstehen. Ich folge dem Lauf, bis zu einer sandigen Stelle, blicke dennoch immer wieder zurück, um nicht zu weit zu gehen. Hier lasse ich mich nieder und bereite alles vor. Die Sektflasche lege ich ins Wasser, um der Hitze wenigstens etwas entgegenzuwirken. Dann warte ich.

Ich hoffe, dass Ludwig kommt. Er muss kommen. Ich überlege, was ich tun könnte, wenn ich heute umsonst warte. Ich wollte seine Entscheidung akzeptieren, wenn sie auf Leonor fällt. Aber dafür muss er auch erscheinen, damit ich es persönlich von ihm höre. Ansonsten muss ich den letzten Schritt wagen und ihr die Wahrheit über unsere letzte Nacht verraten. Er hat nicht das Recht, mich anzulügen und zu versetzen.

Verärgert blicke ich mich um. Er muss einfach kommen. Er hat es versprochen.

Um mich abzulenken, vielleicht auch um mich abzukühlen, laufe ich langsam durch den Bach. Das Wasser ist eiskalt und erfrischend, der Boden sandig, nur bei den Steinen muss ich aufpassen, dass ich nicht ausrutsche, so schlierig sind sie. Da ich gegen die Strömung laufe, komme ich wieder bis zur Höhe des Weges, den ich vor gefühlten Stunden entlangging, und blicke suchend hoch.

Und da sehe ich Ludwig kommen. Er ist wirklich gekommen. Wie konnte ich nur an ihm zweifeln? Ich balanciere über die Steine aus dem Wasser und gehe auf ihn zu. Zügig läuft er mir entgegen, aber nicht aus Freude. Sein Gesicht ist ernst, so weit ich es sehen kann, denn eine schwarze Sonnenbrille verdeckt seine Augen.

„Ich habe nicht viel Zeit", lautet seine Begrüßung. „Leonor wartet zu Hause auf mich. Ich habe ihr etwas von einem Notfall im ‚Ego-isst' erzählt, aber lange kann ich nicht wegbleiben."

„Hoffentlich lange genug, damit ich mir noch meine Schuhe anziehen kann", erwidere ich sarkastisch. Abrupt drehe ich mich um, schlage den Weg zur Decke ein und versuche meine Gefühle in den Griff zu bekommen.

Ich bin glücklich, dass er da ist. Ich werte es als

gutes Zeichen, aber es irritiert mich, dass er von ihr spricht, dass er zurück will. Meine Wut darüber kann ich unterdrücken, schließlich hatte ich diesen Kampf gewollt. Meine Angst, über das was kommen könnte, nimmt jedoch zu, und die Trauer darüber schnürt mir die Kehle zu. Dennoch spiele ich meine Rolle weiter, locker und unbeschwert.

„Trinken wir auf eine glücklich Zukunft!" Über-schwänglich greife ich nach der Sektflasche, setze an, trinke einen großen Schluck und tue darüber so, als würde ich nicht merken, wie beunruhigt Ludwig re-agiert.

Nervös nimmt er seine Brille ab. „Isa, hör auf mit dem Mist. Ich bin nur gekommen, weil du es wolltest. Ich habe meine Entscheidung längst getroffen."

„Wie kannst du dich entschieden haben? Ich hatte doch noch keine Gelegenheit, mit dir zu reden. Dir al-les zu erklären."

„Es gibt nichts zu erklären. Egal, was du sagst, ich bleibe bei Leonor."

„Aber ich liebe dich. Zählt das gar nicht?", frage ich verzweifelt. „Hörst du mir überhaupt zu? Ich liebe dich."

Betrübt schaut er mich an. „Das ist das erste Mal, dass du diese Worte sagst."

Ich bin erschüttert. Wie kann er das sagen? Hat er es

denn vollkommen vergessen? „Das stimmt nicht. Ich habe es dir gesagt. In dem Café."

14

„Und was hast du gemacht?", fragte Ludwig lachend.

„Ich versuchte natürlich, alles zu retten, was ging. Ich schloss schnell den Tortenring, löffelte den herausgeflossenen Teig oben drauf und schob alles wieder in den Ofen. Das war mein erster und letzter Versuch, einen Quarkkuchen zu backen. Ich muss wohl nicht erwähnen, dass er am Ende nicht nur komisch aussah, sondern auch so schmeckte." Ich versuchte ein angewidertes Gesicht zu machen, was mir aber misslang, da ich Ludwigs Lachen vor Augen hatte, das ansteckend war.

„Du wirst mir also nie einen Geburtstagskuchen backen?", neckte er mich.

„Nur wenn du auf Experimente stehst."

„Klingt verlockend."

Wir hatten uns zum Frühstück im Stadtpark getroffen. Dort gab es ein kleines Café, welches sehr gemütlich war. An zwei Seiten umschlossen uns alte Mauerreste eines Bauernhauses, das hier vor zweihundert Jahren stand. Die Mauer war löchrig und nicht sehr hoch, wodurch zwar eine Begrenzung bestand, wir uns aber nicht eingeengt fühlten. Gelegentlich wehte ein erfrischender Luftzug durch die Lücken, was etwas Abkühlung brachte. Daran schloss sich klein und unscheinbar das Gebäude des Cafés an, mit Efeu bewachsen, so dass es sich an das Grün der Rhododendronbüsche, die die dritte Seite einnahmen, gut anpasste. Nach vorn war der Blick offen auf Wiesen, Bäume und die nächste Kundschaft, die bei diesem heißen Wetter hereinströmte, um in den Genuss des selbst gemachten Eises zu kommen.

Es war August. Und nachdem es tagelang bewölkt war und geregnet hatte, ließ sich endlich wieder die Sonne blicken und brannte heiß auf uns herab. Die Luft war feucht und legte sich wie eine zweite Schicht auf uns. Ludwig riss darüber Witze, dass wir uns das Duschen sparen konnten.

Lächelnd lehnte ich mich zurück und schaute Ludwig an.

„Was ist?", fragte er mich.

„Nichts."

„Hab ich dich bei dem Wort Experiment auf neue Ideen gebracht? Ich bin ganz Ohr, solange es nichts mit Backen zu tun hat."

Ich antwortete nicht, denn auch so wusste er, dass der Gedanke mit ihm ins Bett zu gehen, verführerisch klang. Ich saß einfach nur da und blickte ihn verliebt an. „Ich bin glücklich mit dir, weißt du das?"

„Was anderes hätte ich auch nicht erwartet", scherzte er.

„Sei bitte mal ernst, Ludwig. Nur ganz kurz. Es gibt da etwas, das ich dir schon lange sagen wollte."

Interessiert beugte er sich vor und legte seine Hand auf meine, die nervös mit der Serviette spielte.

„Ich liebe dich."

„Ludwig!" Eine Stimme drang plötzlich zwischen uns, so laut, dass meine Worte darin unterzugehen schienen.

Ruckartig bewegte Ludwig seinen Kopf nach rechts und ich folgte seinem Blick. Eine große, schlanke Frau winkte in unsere Richtung und kam zügig auf uns zugelaufen.

Überrascht stand Ludwig auf. „Leonor. Was machst du denn hier?"

„Ich bin mit meiner Schwester verabredet. Das hatte ich dir doch gestern erzählt."

„Kann sein." Verlegen blickte Ludwig von Leonor zu mir und zurück. „Leonor, das ist Isa. Isa, Leonor."

Das war also seine Exfreundin. Ich hatte sie noch nie gesehen und aus Ludwigs Erzählungen zufolge, stellte ich sie mir immer als kleine Frau mit fettigen Haaren vor und hässlich wie einer dieser ekligen Fische der Tiefsee, die zum Glück keiner zu Gesicht bekommt. Es war klar, dass die Beschreibung nicht passend sein konnte, aber so hübsch, wie sie jetzt vor mir stand, wollte ich sie auch nicht sehen.

Leonor war fast so groß wie Ludwig, hatte dunkelbraune, lockige Haare bis zur Schulter und ihre Augen blickten freundlich zu mir herunter, als sie mir ihre Hand entgegenstreckte.

„Hallo. Sind Sie eine Kollegin von Ludwig? Ich werde Sie nicht weiter stören." An Ludwig gewandt fuhr sie fort: „Ich habe mich nur so gefreut, dich hier zu treffen. Ehrlich gesagt, hatte ich gehofft, dass du meinetwegen herkommst. Nach unserer letzten Nacht hattest du dich nicht mehr gemeldet. Und ich wollte dich auch nicht weiter bedrängen. Du brauchtest bestimmt Zeit, um über uns nachzudenken. Aber da ich gerade wieder in der Stadt bin, wollte ich dich wiedersehen."

Während sie sprach ging sie immer mehr auf Ludwig zu, legte ihm wie selbstverständlich ihre Hand auf seine Brust, neigte leicht ihren Kopf und flüsterte ihm an Ende zu: „Ich habe dich vermisst, Liebling."

Dieses letzte Wort löste die Starre in mir, in der ich mich befand, seit sie hier aufgetaucht war. Ich erhob mich, ohne einen Blick von den beiden zu lassen. Sie sahen wirklich aus, wie für einander geschaffen. Aber liebte er nicht mich? Waren das nicht seine Worte gewesen?

„Ich muss gehen", murmelte ich.

„Nein. Ich wollte Sie nicht verjagen. Bleiben Sie ruhig. Sehen wir uns heute Abend, Ludwig?"

Das war zuviel für mich. Ohne seine Antwort abzuwarten, schob ich mich an ihnen vorbei zum Ausgang. Meine Schritte wurden immer schneller, bis ich am Ende rannte, ohne zu wissen wohin. Ich machte erst halt, als ich mich auf einem schmalen Pfad befand, umgeben von hohen Bäumen und Büschen. Kein Mensch war zu sehen, selbst die Sonne kann hier nicht durch, so dass ich mich umhüllt von Schatten in Sicherheit wähnte. Doch das Knirschen von Schritten hinter mir erzählten das Gegenteil.

„Isa! Warte doch! Ich kann es dir erklären."

Rasend vor Wut drehte ich mich um und schlug ihm ins Gesicht. Meine Hand schmerzte vom Aufprall, doch das spornte mich nur noch mehr an.

„Du verdammtes Arschloch. Du Lügner. Seit wann läuft das denn schon? War das nur ein Spiel für dich? Mal sehen, wie lange es dauert, bis ich die kleine Zicke ins Bett kriege?" Ich schrie ihn an ohne nachzudenken. Meine Hände machten sich selbständig, um erneut zu zuschlagen, doch diesmal konnte er mich abwehren. „Du bist ein mieser, dreckiger Lügner und Betrüger. Habt ihr euch die ganze Zeit über mich lustig gemacht?" Mein Verstand arbeitete völlig irrational, aber ich konnte es nicht ändern.

„Vielleicht solltest du mir erstmal zuhören, bevor du

über mich urteilst", schrie Ludwig zurück.

„Ich habe schon genug gehört. Diese Schlampe hatte ja kein Problem damit, es laut heraus zu posaunen. Hat es sich wenigstens gelohnt, sie zu vögeln?"

„Willst du das wirklich wissen?"

„Es stimmt also?" Bis zu diesem Moment hatte ich noch die Hoffnung, dass es gelogen war. Kraftlos ließ ich mich vor ihm nieder. Es war mir egal, dass ich mitten auf dem Weg saß. Kleine spitze Steine bohrten sich in meine Haut. Auch das war egal.

„Es stimmt also?" Bis zu diesem Moment hatte ich noch die Hoffnung, dass es gelogen war. Kraftlos ließ ich mich vor ihm nieder. Es war mir egal, dass ich mitten auf dem Weg saß. Kleine spitze Steine bohrten sich in meine Haut. Auch das war egal.

Ludwig ging vor mir in die Knie und strich mir sanft die Haare aus dem Gesicht. Auch das kümmerte mich nicht. Wir schwiegen. Ich hatte alles gesagt, was relevant war. Jetzt hatte ich keine Worte mehr.

„Kannst du mir zuhören?", vernahm ich Ludwigs Stimme ganz leise. Er hob mein Gesicht an, so dass ich ihn ansehen musste, doch ich schloss die Augen. Aber seinen Worten konnte ich nicht ausweichen. „Sie hatte nicht das Recht, es vor dir auszusprechen, aber es stimmt. Ich habe mit ihr geschlafen. Es war ein anstrengender Abend gewesen, das Restaurant war voll und wir waren unterbesetzt. Und dann ist sie aufgetaucht. Wir haben zu viel getrunken und dann ist es passiert. Ich bin nicht stolz darauf, aber ich kann es nicht rückgängig machen."

„Ich will das nicht hören", flüsterte ich tonlos.

„Du musst, Isa. Es ist wichtig. Für uns. Damit ich dich nicht verliere."

Nun öffnete ich doch meine Augen. Ich sah meine Verzweiflung in seinen und verstand es nicht.

„Dafür ist es zu spät."

„Ist es nicht, Isa. Vielleicht hätte ich es dir eher erzählen sollen, aber es hätte an unserer Beziehung nichts geändert. Das Ganze geschah, bevor wir zusammen waren. Wir hatten uns bis dahin erst einmal getroffen und uns nicht gerade freundlich verabschiedet. Ich hätte nie gedacht, dass ich dich je wiedersehe, geschweige denn, mich in dich verliebe."

„Das war im März."

„Ja. Und seitdem habe ich sie nicht mehr gesehen. Ich bin nicht mal ans Telefon gegangen, wenn sie anrief."

„Außer gestern."

„Ja, aber ich habe sie gleich abgewimmelt." Gequält schaute er mich an. „Ich will dich, Isa, und niemand anders. Glaub mir, bitte."

„Ich glaube dir", sagte ich. „Aber ich vertraue dir nicht mehr", erstickte ich seine aufkeimende Hoffnung gleich wieder.

„Warum?"

„Ihr wart schon lange getrennt, hattet nur noch wenig Kontakt und dennoch war es problemlos für dich , mit ihr zu schlafen. Wer sagt mir, dass es nicht wieder passiert? Sie hat dich doch gerade für heute Abend eingeladen."

„Das ist doch Blödsinn. Nur weil sie auftaucht, verfalle ich ihr nicht. Ich habe ihr gerade eben erzählt, wer du bist, und ich weiß nicht einmal, wie sie reagiert hat, weil ich dir sofort hinterhergerannt bin."

„Und du glaubst, jetzt ist alles wieder gut?", fragte ich zweifelnd.

„Das wird es. Lass uns nach Hause gehen."

„Ich will zu mir. Allein."

„Okay", seufzte er. „Ich bringe dich. Schlaf eine Nacht drüber. Ich komme dann morgen früh zu dir."

„Nein."

„Wie bitte?"

„Ich fahre allein und melde mich bei dir, wenn ich soweit bin."

„Übertreibst du jetzt nicht? Isa, das Ganze ist Vergangenheit. Du interpretierst da zu viel hinein." Seine

Stimme klang wieder zornig. Warum wollte er mich nicht verstehen? Ich fühlte mich hintergangen. Für ihn war es nur eine lächerlich Kleinigkeit.

„Leb wohl, Ludwig."

„Tu das nicht. Das klingt, als hättest du dich schon entschieden." Resigniert sieht er auf. „Denk bitte über uns nach. Wir können es schaffen." Dann ging er.

Wie ich nach Hause kam, wusste ich nicht mehr. Irgendwann lag ich auf meinem Bett und heulte mir die Augen aus. Ich weinte um meine Liebe zu Ludwig, die ich schon aufgegeben hatte. Ich konnte ihm nicht mehr vertrauen, auch wenn er, rational betrachtet, Recht hatte. Wir kannten uns zu dem Zeitpunkt nicht mal wirklich. Wir waren zwei Fremde, die sich unter merkwürdigen Umständen begegnet waren. Mittlerweile hatte ich mich so auf ihn eingelassen, dass ich nicht mehr hätte sagen können, wie mein Leben vorher ausgesehen hatte. Ich wollte zu ihm zurück und ihm alles verzeihen, doch dann hatte ich sie wieder vor mir. Ich konnte mir gut vorstellen, wie sie in seinem Bett lagen, was Leonor in seinen Armen empfand, denn ich selbst hatte es erlebt und werde es nie wieder vergessen können.

Ludwig meldete sich wie versprochen. Seine Stimme klang heiser und bittend. Er wollte vorbeikommen, doch seine Nähe hätte mich sofort an ihn gebunden, und ich wollte allein sein.

Das war ich auch. Zwei Wochen lang hatte ich mich nicht mit ihm getroffen. Er rief an und schrieb Nachrichten, aber ich erwiderte sie nicht. Birgit sagte mir, ich wäre stur und sollte doch einmal darüber nachdenken. Schließlich hätte ich genauso eine Vergangenheit mit Beziehungen wie er, und ob ich ihm je von all meinen Männern erzählt hätte. Es wären nur vier gewesen, erklärte ich ihr, und alle bevor ich Ludwig begegnet sei.

„Das ist doch alles nur gekränkte Eitelkeit", versuchte Birgit mir ins Gewissen zu reden. „Du liebst ihn. Und er hat dich nicht betrogen. Das zählt. Du bist verletzt und willst es anscheinend auch bleiben."

Ich knallte den Hörer auf. Verletzt, gekränkt, stur? Nein. Ich befand mich im Recht. Und um das zu beweisen, stimmte ich einem letzten Treffen mit Ludwig zu. Doch als ich nahe des Treffpunkts erschien und ihn sah, konnte ich nicht weiter. Ludwig saß auf einer Bank, die Arme auf seinen Beinen abgestützt, den Kopf gesenkt. Er wirkte traurig und verloren. Es war meine Schuld, dass er leiden musste. Ich hätte es ändern können, aber ich konnte nicht. Ich sagte mir, dass es so besser für ihn wäre. Denn auch wenn wir wieder zusammenkämen, wie hätte ich ihm denn zusichern können, dass es auf Ewig so bliebe? Wir würden nur wieder leiden. So war es wirklich besser für ihn.

Ich ging nach Hause und beschloss, nie wieder einen Menschen an mich heranzulassen. Meine Gefühle und Erinnerungen an Ludwig verschloss ich tief in mir drin. Für immer. Bis alles wieder hochkam, als ich ihn und Leonor vor dem Standesamt sah.

15

Nachdem ich die Vergangenheit Revue passieren ließ, stehe ich nur noch schweigend da und schaue Ludwig an. Hoffnung keimt in mir auf, als ich sehe, wie sich sein Gesichtsausdruck von niedergedrückt zu nachdenklich verändert.

„Es tut mir leid, Isa. Ich hatte es tatsächlich nicht gehört, aber es hätte an unserer Trennung nichts geändert. Du hast alles hingeschmissen. Nicht ich."

„Ich weiß. Aber ich konnte dich nicht vergessen und ich glaube, dir ging es genauso. Deshalb bist du hier. Wir fangen nochmal von vorne an. Du weißt doch noch, wie es war?"

„Isa, du machst es dir nur selber schwer."

Ihn ignorierend rede ich weiter. „Wir haben viel geredet und uns die ganze Nacht geliebt. So wie gestern."

„Vergiss das von gestern!"

„Niemals. Es hat uns wieder vereint."

„Hör auf, so zu reden. Du steigerst dich in etwas hinein, was nicht existiert."

Sein Gerede ärgert mich. Um ihn zu stoppen, ziehe ich ihn an mich und küsse ihn heftig. „Das kannst du immer haben."

„Was ist hier los?", höre ich eine bekannte Stimme. Leonor! Wie schaffst sie es nur immer, im falschen Moment aufzutauchen?

Ich lasse mir nichts anmerken und blicke sie kalt und herablassend an. „Du kommst zu spät. Ludwig hat mir gerade gesagt, dass er nur mich liebt."

„Spinnst du?!" Ludwig schiebt mich zur Seite, um zu ihr zu gehen.

„Wage es ja nicht, dich dieser Schlampe zu nähern!", fauche ich ihn an. „Wir gehören zusammen. Das weißt du genau."

„Es ist vorbei, Isa." Ludwig dreht sich von mir weg. Ich will ihm hinterher, ihn aufhalten, doch in dem Moment hält mich jemand fest. Karl steht hinter mir und zieht mich energisch in die entgegengesetzte Richtung. Sein Griff ist fest, so dass ich mich nicht befreien kann.

„Lass mich los!", schreie ich ihn an.

„Erst wenn du dich beruhigt hast."

„Was machst du überhaupt hier? Verfolgst du mich?"

„Hast du denn so eine schlechte Meinung von mir? Denkst du, ich mache mich gerne zum Narren?" Verärgert schaut er mich an. „Momentan solltest du besser über dein Verhalten nachdenken."

„Das geht dich nichts an."

„Da hast du recht, aber mir liegt mehr an dir, als gut für mich ist, und ich will nicht, dass du in dein Unglück rennst. Leider hatte ich gedacht, dass ich dir auch wichtig wäre. Aber wie sich herausgestellt hat, hattest du die ganze Zeit ein anderes Ziel."

„Woher weißt du davon?"

„Leonor hat bei mir angerufen."

„Wie kommt sie dazu, sich überall einzumischen? Ständig kommt sie mir in die Quere." Zornig blicke ich mich nach ihr um und sehe dabei, wie sie heftig mit Ludwig streitet. Ein Lächeln huscht über mein Gesicht.

„Sie so zu sehen, scheint dich zu erfreuen," wirft Karl mir fassungslos an den Kopf. „Das wolltest du wirklich erreichen, oder? Ich dachte erst, Leonor hätte das alles nur erfunden. Weißt du, warum sie angerufen hat? Sie hatte das Gefühl, dass an allen Geschehnissen in den letzten Tagen jemand seine Finger im Spiel hatte. Also hat sie alle Anrufe auf ihrem Telefon gecheckt. Die meisten Nummern kannte sie. Manche waren unterdrückt. Merkst du, worauf ich hinaus will?"

„Sollte ich?" Stolz schaue ich ihn an. Ich kann mir denken, was er sagen will. Der kleine Fehler, der mir unterlief, könnte mir jetzt alles verderben.

„Ja, das solltest du. Eine Nummer kannte sie nämlich nicht und als sie diese ausprobierte, meldete ich mich am anderen Ende."

„Seltsam."

„Warte. Es geht noch weiter. Ihre Nummer hatte ich mir auch schon mal notiert. Weißt du noch dieser Anrufer, der mich grundlos angeschrien hat? Das war Leonors Anschluß. Ich vermute, dass es Ludwig Keuh war, Leonor Ehemann, falls du weißt, was das bedeutet. Du hast abends dort angerufen, oder? Und mich mit in dein Spiel hineingezogen."

Ich nicke. Warum soll ich es jetzt noch leugnen? „Ich musste etwas unternehmen. Ludwig gehört mir. Das war schon immer so."

„Das ist doch krank, Isa. Ich kann ja verstehen, dass du wissen wolltest, wie er zu dir steht. Aber doch nicht auf diese Weise. Auf Lügen kannst du keine Beziehung aufbauen."

„Er hätte es doch nie erfahren."

„Er wäre nie zu dir gekommen. Sieh sie dir doch an." Karl fasst mich an den Schultern und dreht mich um. Was ich dort am Bach sehe, bricht mir das Herz. Ludwig steht immer noch dort, aber er streitet nicht mehr mit Leonor, sondern küsst sie.

„Das ist deine Schuld! Wie kam sie hierher? Warum

hilfst du einer völlig Fremden? Hast du das zu verantworten?" Ich zeige wütend in die Richtung des Paares, dass ich schon fast auseinander gebracht hatte.

„Leonor ist Ludwig gefolgt, weil sie wissen wollte, ob er sie belügt. Ich habe ihr angeboten mitzufahren, da sie so durcheinander wirkte."

„Du mischst dich in Dinge ein, die dich nichts angehen", schreie ich ihn an.

Doch auch Karl wird dieses Mal laut. „Ich hatte gehofft, dich zur Vernunft zu bringen. Und vielleicht auch um dir zu zeigen, dass du nicht allein bist. Ich würde dir gerne helfen, als Freund. Denn mehr werde ich wohl nie für dich sein."

„Nein. Nie!"

„Dann wirst du für immer allein sein. Du tust mir leid." Mitleidig schaut Karl mich an.

„Verschwinde", gifte ich ihn an und schaffe es endlich, mich aus seinem Griff zu befreien. „Ich habe mir die letzten Wochen nicht den Arsch aufgerissen, um die beiden zu trennen, damit du mir alles zerstörst."

„Wolltest du nicht sagen, die letztes Wochen, die du mit mir gefickt hast, sollten nicht umsonst gewesen sein? Komisch, gestern schien es so, als ob ich irgendetwas in dir berührt hätte."

„Das hast du dir eingebildet. Für mich gibt es nur einen", sage ich, um ihn zu verletzen. Er soll endlich verschwinden.

„Scheint so, aber Ludwig hast du auch verloren. Isa, jetzt hast du noch die Chance, dich zurückzuziehen, ohne dich vollkommen zum Idioten zu machen." Karl tritt ein paar Schritte zurück, aber ich folge ihm nicht.

Hoch erhobenen Hauptes gehe ich von ihm weg, hinüber zu Ludwig und Leonor, die immer noch eng umschlungen da stehen. Ludwig schaut mich finster an, während sie mir den Rücken zudreht, ihren Kopf an seiner Schulter.

„Du solltest besser wieder zu deinem Freund gehen", spricht er mich an, sobald ich in Hörweite bin.

„Der Schatten, der mir immer folgt?", frage ich verächtlich, wohl wissend, dass Karl immer noch in meiner Nähe ist. „Fragst du dich nicht, was er mit Leonor zu schaffen hat? Du solltest ihr nicht vertrauen."

„Hör endlich auf zu lügen und verschwinde!"

Jetzt ist es wohl doch an der Zeit, meine letzte Karte zu spielen.

„Ich gehe, aber vorher muss ich noch etwas loswerden. Oder hat sie nicht das Recht auf die Wahrheit verdient?", entgegne ich eiskalt und beobachte mit Genugtuung, wie er erstarrt.

Auch Leonor scheint es zu bemerken, denn endlich löst sie sich von ihm, um mich mit leiser Stimme zu fragen: „Welche Wahrheit?"

Doch bevor ich antworten kann, sehe ich über sie hinweg, wie Ludwig vorsichtig den Kopf schüttelt. Seine Lippen formen das Wort ‚bitte‘, als ob er ahnt, was ich nun sagen werde. Soll ich ihn retten und unsere Nacht für mich behalten? Ich schaue ihn weiterhin an, sauge meinen Blick förmlich an ihm fest, um mir sein Gesicht für immer einzuprägen, während ich ihn zappeln lasse. Denn ein kleiner Teil von mir weiß, dass ich verloren habe. Der dominantere jedoch kämpft weiter.

„Die Wahrheit ist, dass er dich nie geliebt hat. Du warst nur ein Lückenfüller, bis er mich wieder für sich gewonnen hatte. Oder denkst du ernsthaft, er hätte in den letzten Jahren keinen Kontakt mehr zu mir gehabt?"

„War es nicht eher umgekehrt?", fragt sie mich und kommt ruhig auf mich zu. „Vor Jahren durftest du meinen Platz einnehmen als Ludwig und ich getrennt waren. Er hat mir damals schon alles erzählt. Ich weiß also über dich bescheid. Und dein kleines Spiel ist vorbei. Du hast verloren." Spöttisch mustert sie mich. „Ehrlich gesagt, kann ich nicht verstehen, was Ludwig an dir so anziehend fand."

Die Worte treffen mich schnell und schmerzend, meine Gefühle gehen in alles Richtungen. Ich bin verletzt, verloren, verzweifelt. Und wütend. Und diese Wut ist es, die plötzlich in Hass umschlägt, alles andere überstrahlt und sich in meiner Hand bündelt, die immer noch die Sektflasche hält. Ohne darüber nachzudenken, hole ich zum Schlag aus.

Ich höre das Sausen durch die Luft, einen lauten Ruf, ihren Namen. In letzter Sekunde wird Leonor zur Seite gezogen und ich spüre, wie mein Schlag ins Leere geht. Der Schwung reißt mich mit, so dass ich das Gleichgewicht verliere. Schnell mache ich einen Schritt nach vorn, um meine Balance wiederzuerlangen und trete dabei auf einen der Steine im Bach. Jetzt rutsche ich endgültig aus. Ich habe keine Möglichkeit mehr, mich irgendwo festzuhalten. Alles geht so schnell. Ich sehe den Bach auf mich zukommen, höre Wasser und spüre eine so heftigen Schmerz an meiner linken Schläfe, dass alles schwarz vor mir wird. Benommen liege ich da. Wasser strömt in meine Kleidung, die Kälte legt sich wie ein Mantel um mich. Und noch etwas anderes ist da, warm und stark. Arme umschließen mich und heben mich hoch. Er ist bei mir.

„Schnell, ruft einen Krankenwagen", höre ich Karls Stimme.

„Hier ist keine Empfang!" ‚Leonor. Glaubt ihr nicht!'

„Dann lauft los. Holt Hilfe!"

‚Hilfe? Arno bekommt das wieder hin. Er schafft alles', denke ich und will im nächsten Moment darüber lachen. ‚Mein Onkel kümmert sich doch um Tote.'

Es ist ruhiger geworden um mich herum, meine Schläfe pulsiert leicht, aber ich beachte es kaum. Es ist anscheinend nicht so schlimm. Nur seltsam, dass ich immer noch nichts sehe.

„Bleib bei mir", höre ich eine Stimme an meinem Ohr. Mein Ludwig, auch wenn mein Verstand mir vorgaukelt, es wäre Karl. Doch er ist mit ihr losgelaufen, um Hilfe zu holen.

Ich bin endlich allein mit Ludwig. Wir sind zusammen und ich liege in seinen Armen. So sollte es sein. Glücklich genieße ich diesen Moment und beschließe, mich ganz ihm hinzugeben. Nur ihm, für immer. Er hilft mir. Ich spüre keinen Schmerz mehr, keine Kälte.

Ich lasse los.